LYCKELÄNGAN

Axel Vilde

Lyckelängan

Omslagsutformning: BoD-Books on Demand
Korrekturläsning: Marie Eriksson
Förlag: BoD – Books on Demand, Stockholm, Sverige
Tryck: BoD – Books on Demand, Norderstedt, Tyskland

ISBN: 978-91-7785-951-2

Hon var vacker där hon hängde i det blå nylonrepet. Om det inte vore för de rödsprängda ögongloberna som höll på att tränga ut ur huvudet, såg hon nästan ut som en exotisk prinsessa från någon Disneyfilm. Håret vilade mot axlarna och topparna rörde sig en aning av en vindpust som letat sig in mellan springorna i den glesa plankväggen. Blodet rann som en stilla vårbäck från sticksåret i halsen nedför sidan längs den mörka huden, för att slutligen droppa ner på det dammiga trägolvet. Tick tick tick tick tick. Ljudet av dropparna var som ljuv musik och den växande blodpölen under henne förstärkte upplevelsen till fulländning. Det ryckte till i hennes ben några gånger och varje gång ryckte det också till i mannen som betraktade henne på avstånd. Hans ögon var glansiga och han svettades efter all ansträngning. Nu hade han äntligen fått sin belöning och kände hur tillfredsställelsens ljuva sötma omslöt honom. Han kunde inte slita blicken från det vackra. Men han besinnade sig och skyndade sig att få undan alla spår som skulle kunna röja honom. Innan han gick ut från den kvalmiga ladan kastade han en blick över axeln och gick igenom händelseförloppet ännu en gång. Hade han missat något? Fanns där minsta lilla fragment av mönstret från hans fingertoppar? Hade en enda droppe svett fallit från hans panna? Fanns någonstans något spår av utlösningen han så noggrant bäddat in i en pappersservett, lagt i en plastpåse och stoppat ner i fickan?

Kapitel 1

"Visa kuken gubbstrutt!" Wilhelm tittade till dit rösten kom
från. Han uppfattade att läpparna rörde sig på den gamla
damen i solhatt och blommig klänning som satt i en hammock
en bit bort, men kunde inte tänka sig att orden kommit från
henne.

"Ni får ursäkta tant Magda" sa föreståndarinnan och log lite
ansträngt. "Hon kan inte riktigt kontrollera sitt tal och ibland
kommer det ord som hon inte menar."

Wilhelm såg på sin son Victor som verkade helt oberörd. Det är
väl inte annat att vänta sig när man kommer till ett dårhus,
tänkte Wilhelm och fortsatte uppför trappan till den stora
altanen.

Lyckelängan var ett vårdhem som drevs i privat regi. Den höga
avgiften gjorde att det bara var rikt folk som hade råd att bo
där. Wilhelm var inte särskilt rik. Som pensionerad utredare på
Åklagarmyndigheten hade han det gott ställt, men ingalunda
de tillgångar som skulle kunna betala ett sådant boende. Men
Victor hade gott om pengar. Han hade eget företag i
konfektyrbranschen och kunde utan allt för stora uppoffringar
betala detta boende för sin far. Efter att hans far för femte
gången gått vilse och fått hämtas upp ett gott stycke hemifrån,
hade Victor ledsnat. Victor tyckte mycket om sin far och hade
gärna sett att han kunnat bo kvar i sin stuga. Men efter det
senaste tillfället då han varit försvunnen så länge att han fick
efterlysas, tyckte Victor att det fick vara nog.

Wilhelm hade fått sin diagnos för något år sedan och var
mycket medveten om situationen. För det mesta var han klar
och rentav briljant, men stunderna av förvirring och
minnesförlust kom lite då och då. Läkaren hade sagt att han
kunde räkna med längre stunder av klarhet i kanske ett par år

till, men att de stunderna skulle bli färre. Wilhelm hade
accepterat sitt öde och inte protesterat allt för högljutt då
Victor föreslagit att han kunde flytta in på Lyckelängan.
Han hade nu funderat klart och våndades inte längre över
livets orättvisor. Vetskapen om att han tids nog skulle vandra
in i dimman, skrämde honom inte längre.

***

Wilhelm Erhard var sjuttiosex år och svensk medborgare sedan
1975. Sju år tidigare hade han lyckats ta sig över gränsen från
Östtyskland där han var verksam inom Stasi sedan övre
tonåren. Det som fick honom att ta steget, var då han
bevittnade hur en grupp ungdomar blev skoningslöst
nedskjutna då de springande försökte ta sig över till väst.

En av ungdomarna var en kusin och var den siste han hade
något släktskap med. Föräldrarna hade mist livet i ett massivt
artillerianfall av ryssarna då slutstriden om Berlin inletts våren
1945. Wilhelm och kans kusinen var de enda i släkten som
överlevt kriget, vad de kände till.

De blev båda placerade hos olika fosterfamiljer och kom ifrån
varandra. Det var först efter många år när Wilhelm fått fast
tjänst på ministeriet för statssäkerhet som han letat upp
kusinen och de började ha sporadisk kontakt.

Wilhelm hade inga minnen från sin tidiga barndom. Av
fosterföräldrarna hade han fått veta att han grävts fram ur ett
raserat hus av sovjetsoldater, skadad men inte värre än att han
klarade sig utan några fysiska men.

Tiden hos fosterfamiljen hade varit bra trots den misär som
rådde då staden låg i ruiner och inget i samhället tycktes
fungera. Fosterpappan som var aktiv kommunist, fick stöd av
den sovjetiska ockupationsmakten så familjen behövde aldrig
gå hungrig.

Wilhelm visade sig vara klipsk och ha läshuvud lite utöver det
vanliga. Efter avslutad grundskola rekryterades han till Stasis
sexåriga utbildning för blivande utredare. Till en början hade

han tyckt att det var spännande, men snart skulle hans entusiasm övergå i tvivel om vad som var rätt och fel. Kusinen hade haft stark inverkan på honom då han tillhörde en grupp intellektuella som öppet visat sitt missnöje mot bristande demokrati och yttrandefrihet.

Då Wilhelm med egna ögon fick se hur kusinen och hans kamrater blivit ihjälskjutna, bestämde han sig för att det fick vara nog. Han hade ofta legat vaken på nätterna och funderat över rätt och fel och till slut bestämt sig för att fly till väst.

Efter en kort tid av planering begav han sig ett veckoslut ner till Rostock i den begagnade Trabant han använde som tjänstebil. Som anställd vid Stasi kunde han röra sig relativt fritt och då han aldrig uttryckt några regimkritiska åsikter, hade han inte statens ögon på sig i någon större utsträckning. Visserligen visste de om att Wilhelms kusin blivit skjuten vid ett flyktförsök, men han hade hållit god min vid utfrågningen och inte gett några utryck till sympati för kusinen.

Flykten blev odramatisk. Efter att ha hyrt en motorbåt under förevändning att fiska torsk, drev han sakta mot gränsen under tiden han fiskade. En patrullbåt stannade till men åkte genast vidare efter att Wilhelm visat upp sina papper. När han såg att inga båtar var inom synhåll lade han undan fiskespöt och satte full fart. Patrullbåten som nyss passerat satte efter honom, men hade inte en chans att hinna i kapp innan han var inne på danskt vatten.

Ingen båt kom honom till mötes och han kunde lugnt lägga till i Gedser på Falster. Efter att ha druckit kaffe på ett litet kafé, liftade han till Roskilde och anmälde sig på polisstationen.

Det blev en del förhör och därefter bestämde sig Wilhelm för att fara vidare till Sverige. Han ville komma längre bort från DDR då han hade vetskap om hur kartläggning av flyktingar bedrevs. Han hade själv medverkat till och planerat hemtagning av några som företagit samma resa som honom, men då stannat i Danmark.

I Malmö hade han ansökt om politisk asyl. När myndigheterna fick vetskap om hans bakgrund tog det inte lång tid innan hans ansökan blev beviljad.

Därefter följde en hektisk tid av intensiv svenskundervisning och åtskilliga förhör med Säkerhetspolisen och Försvarsmakten. Inom några månader hade han eget skrivbord på FRA där han blev fast anställd 1975 samtidigt som han beviljades svenskt medborgarskap. Där arbetade han fram till 1990 då DDR och Västtyskland återförenades. Det såg han som ett lämpligt tillfälle att prova på något nytt. Efter en lång och välbehövlig semester sökte han och fick anställning som utredare på Åklagarmyndigheten.

***

Föreståndarinnan för Lyckelängan hette Ulla och var en lång blond kvinna i övre medelåldern. Under den tunna sommarklänningen kunde man ana en senig vältränad kropp och hennes rödmålade läppar gjorde sig bra mot den smakfulla solbrännan. Wilhelm tyckte att hon såg fin ut.

Det hade inte varit så mycket kvinnlig fägring i hans liv efter att hans älskade hustru Sofia gått bort i cancer för nio år sedan. Han hade träffat Sofia i samband med att han fått sitt medborgarskap 1975. Det var hon som var handläggare för hans ärende och de hade haft tät kontakt under en period. Ljuv musik uppstod och snart var de ett par. Två år senare gifte de sig och samma år föddes sonen Victor.

Äktenskapet var lyckligt enda fram till den hemska dagen då de fick cancerbeskedet. Det var som att dra ner en rullgardin och allt blev svart. Förloppet gick snabbt och Sofia hade somnat in efter att bara varit sängliggande en kort tid. Det var nära att Wilhelm tagit steget att följa efter då sorgen vid några tillfällen känts outhärdlig. Vetskapen om att sonen då skulle bli ensam kvar, var det som fick honom att ändra sig. Istället kvävde han sin sorg genom att gräva ner sig i litteraturens värld och drömma sig bort från den bistra verkligheten. Huset och trädgården krävde också sitt, speciellt då han lovat Sofia att sköta om hennes älskade grönsaksland med det lilla växthuset

de tillsammans hjälpts åt att bygga upp. Tiden läker alla sår
sägs det. Visst blev det lättare med åren, men såret fanns där
och Wilhelm kunde inte längre känna någon större livsglädje.
Han betraktades nog som en bitter gammal surgubbe av sina
närmsta grannar och de få tidigare arbetskamrater han
fortfarande hade sporadisk kontakt med.

***

Ulla visade lokalerna och efter en rundvandring i den vackra
trädgården satte de sig i syrenbersån och blev serverade kaffe
och nybakade bullar.

”Nå Wilhelm, vad tycker du? Här ska du väl kunna trivas?”

”Ja, det är fint här så det tror jag nog.”

Innerst inne var han inte lika säker. Han tänkte på
välkomnandet från den gamla damen i solhatt. Om alla som
bodde här var lika förvirrade som hon, skulle nog tillvaron
komma att bli ganska beklämmande.

”Hur många bor det här?” frågade Victor.

” På den öppna avdelningen bor det åtta personer och på den
andra avdelningen bor det fyra för närvarande. Där bor de som
har det lite svårare.”

Wilhelm skruvade på sig.

”Damen i hammocken, var hör hon hemma?”

”Magda bor på den öppna avdelningen där du också ska bo.
Jag förstår att du blev lite fundersam när hon pratade som hon
gjorde, men du kommer att upptäcka att hon är en
charmerande kvinna med en intressant bakgrund. Hon har
varit diplomat i många år och har mycket att berätta. Då och
då tappar hon tråden, men det är inget man behöver lägga så
stor vikt vid. Hon är ju faktiskt här av en anledning.”

Victor såg på sin far. De hade pratat mycket om det här och
det kändes som att Wilhelm förstod och accepterade att han

inte längre kunde bo ensam kvar i sitt hus. Men vad han innerst inne kände var förstås svårt att veta.

”Var är alla? Det verkar ganska tomt här i dag.”

”I dag är de flesta med på resan till kakslottet i Taxinge. Dit åker vi varje sommar och det är ett mycket uppskattat arrangemang.”

”Kan du berätta lite om er personal?” frågade Victor och såg intresserad ut.

”Förutom mig så har vi en läkare, en sjuksköterska och två vårdbiträden fast anställda. Så har vi några ungdomar från vårdskolan på praktik. Vi försöker bidra med det vi kan för att ungdomar från bygden ska kunna få komma ut i arbetslivet. I köket har vi Henning som är vår eminenta kock.

Han har arbetat på flera stjärnkrogar och låter oss få njuta av mycket god mat. Vi är så glada att ha honom hos oss. Sedan har vi några timanställda som sköter städning och lite andra uppgifter som vårdpersonalen inte ska behöva syssla med.”

Victor såg lite fundersam ut.

”Är det tillräckligt med bara två vårdbiträden? De som bor i den bortre längan behöver väl ständig tillsyn?”

”De kanske är bundna?” flikade Wilhelm in och tyckte själv att han sagt något roligt. Ulla såg inte lika road ut.

”Verkligen inte. Vi har elektronisk övervakning i alla rum. Dessutom har de tillsyn en gång i timmen. Ni ska veta att de boende där är så pass dåliga att de inte kommer upp ur sängarna.”

Jaha, där ska man ligga som en grönsak och bli kameraövervakad en vacker dag, tänkte Wilhelm och kände sig genast lite sämre till mods.

Fast egentligen hade han bestämt sig för att det aldrig skulle behöva gå så långt. Hade han bara möjlighet skulle han själv se till att det inte skedde. Frågan var bara hur länge han skulle våga vänta? Plötsligt kanske han skulle hamna i en situation där han inte kunde handla av egen vilja. Det var inte bara en tanke utan en realitet. Det var så det skulle bli om han nu inte hann göra något åt saken. Hans läkare hade berättat en del om vad som händer i hjärnan och de tecken som visade att det började närma sig. Wilhelm var inte rädd för att hamna i det sista stadiet av sin demens. Det skulle inte göra ont och han skulle inte vara medveten om att det hände. Något ovärdigt avslut ville han inte vara med om.

Victor reste sig, ställde trädgårdsstolen till rätta och sträckte fram handen till Ulla.

”Ja, nu får vi tacka för oss. Det var trevligt. Nu ska pappa och jag tala om saken i lugn och ro så hör jag av mig om ett par dagar.”

Under hemresan blev det inte mycket sagt i bilen. Wilhelm satt insjunken i sina egna tankar och Victor funderade på vad som just då rörde sig i huvudet på sin far. Det var ett fantastiskt fint ställe och omvårdnaden skulle säkert bli den bästa tänkbara, men ändå kände han sig lite sorgsen. Det var liksom sista anhalten och det fanns ingen återvändo.

Wilhelm tänkte mest på föreståndarinnan. Hon var allt bra fin och hade han bara varit lite yngre så skulle han nog bjudit ut henne på restaurang. Fast hon kanske redan hade en karl? Det hade han inte frågat.

Victor körde hem sin pappa och för säkerhets skull låste han dörren utifrån. Det kändes inte särskilt bra men det var något de kommit överens om.

Wilhelm åt lite fil och en knäckemacka innan han gick och lade sig. Innan han somnade tänkte han på den gamla damen i solhatt. Vilken opassande kärring. Säga något sådant till en vilt främmande människa. Samtidigt tyckte han att det skulle bli intressant att få höra vad hon mer kunde kläcka ur sig för något.

Kapitel 2

Efter några veckor var allt klart. Victor hade ordnat med en flyttfirma som i förväg fraktat de få av Wilhelms ägodelar han valt att ta med sig till Lyckelängan. Resten fick stå kvar i huset tills det skulle bli klart med försäljningen. Att huset skulle säljas var både Wilhelm och Victor överens om, även om det inte var någon större brådska. Det var trots allt en reträttväg om nu Wilhelm inte skulle trivas med sitt nya boende. Victor visste att så inte skulle ske, men det kändes ändå bra att hans far kunde känna den tryggheten.

Wilhelm kände sig inte alltför illa till mods när han satte sig i bilen. Han hade bearbetat sina känslor inför det här ögonblicket under lång tid och nu var han klar. Det skulle rentav kunna bli lite upplyftande. Hur kul var det egentligen att sitta ensam och glo på teve kväll efter kväll? De få tillfällen han fått besök av sonen, var förstås trevliga. De kom bra överens och hade alltid mycket att prata om. Men Victor hade sällan tid då hans företag krävde så mycket av honom. Wilhelm önskade ibland att han haft barnbarn, det skulle ha varit roligt nu på äldre dagar. Det hade kunnat blivit så om bara Victor hållit fast vid den söta och trevliga Beatrice han umgicks med tiden efter handelshögskolan, men hans iver med att starta företag och bli framgångsrik hade till slut tagit död på förhållandet och de gick skilda vägar. Både Wilhelm och Sofia hade tyckt att det var tråkigt, men hoppats att det snart skulle dyka upp någon ny kandidat. Några hade kommit och gått men efter Sofias sjukdom och bortgång hade han blivit än mer fokuserad på sitt företag och verkade inte bry sig om något annat.

Victor slängde en hastig blick på sin far.

"Vad tror du om det här då? Om du inte trivs så hämtar jag dig på en gång, det vill jag att du ska veta."

"Det blir nog bra. Det kan vara roligt med lite omväxling."

Innerst inne kände han en stigande oro ju närmare de kom. Lugnet han känt från början var nu borta. Trots tristessen med ensamheten i stugan, var det ändå en trygghet som lämnades. Att han skulle få möjlighet att flytta hem igen trodde han inte ett ögonblick på. Victors patetiska försök att invagga honom i någon slags positiv känsla, hade han för länge sedan genomskådat. Men han visade inte med en min vad han egentligen kände. Det fanns ingen anledning att ytterligare spä på de skuldkänslor som så tydligt lyste igenom då Victor hurtigt förklarat de fördelar detta boende kunde föra med sig.

Sista sträckan var en lång och svag uppförsbacke kantad av en lönnallé. Det var grönt och lummigt men det gick att ana en svag färgskiftning i grenverken som påminde om att hösten nalkades. Mot slutet av backen reste sig sakta konturen av den vackra byggnad där Wilhelm förmodligen skulle leva resten av sitt liv. Han försökte mota bort den stigande nervositeten och intalade sig själv som så många gånger tidigare, att det nog skulle kunna bli lite roligt ändå. Om nu bara inte resten av de boende var i sämre skick än han själv.

***

En liten mottagningskommitté stod och väntade på parkeringen. Förutom föreståndarinnan själv, var där en reslig man i medelåldern och två unga flickor som förmodligen var praktikanter. Wilhelm hade tänkt en del på Ulla och nu när han återigen fick se henne, kände han sig lite gladare. Hon sken som en sol och hennes positiva utstrålning smittade verkligen av sig.

"Så roligt att du ville komma och bo här hos oss. Vi ska verkligen se till att du kommer att trivas. Det här är Tore som är läkare och har varit med sedan vi startade. Han är lite som min högra hand och även delägare. Och här är våra praktikanter Åsa och Dalia som vi alla är så förtjusta i."

Wilhelm och Victor hälsade på alla. De unga flickorna neg artigt och verkade uppriktigt glada över att det kommit en ny boende.

Wilhelm lade särskilt märke till den ena. Hon hade något i blicken som kändes förtroendeingivande. Just ögonen och om blicken var stadig eller flackande var något som Wilhelm studerat och praktiserat under sin tid hos Stasi. Det fanns omfattande studier om vad ögonen och sättet att röra pupillerna kunde berätta om en person. Efter åratal av studier och praktik kände han sig som lite av en expert inom området. Dessa kunskaper hade han haft stor nytta av i arbetet på Åklagarmyndigheten, även om han inte medvetet tänkt så mycket på det.

"Nu går vi in och inspekterar Wilhelms rum" sa Ulla och fattade ett stadigt grepp runt hans arm.

Det kändes riktigt bra från början. Det varma välkomnandet utan jäkt och stress, av människor som verkade genuint intresserade av det de sysslade med. De båda praktikanterna gick före och Wilhelm noterade hur Victors blickar sökte sig till deras unga fasta bakdelar som gömde sig bakom byxorna. Vad han visste så var Victor heterosexuell, men det hade funnits rykten som sade något annat. Även om de stod nära varandra så hade det ämnet aldrig kommit på tal. Ibland hade han förstås undrat varför Victor aldrig inlett något nytt förhållande efter Beatrice, men att det skulle bero på någon annan läggning hade han inte reflekterat över. Inte för att det hade så stor betydelse, men som förälder vill man ju ändå veta. Nu var det för sent att gräva i den saken. Några barnbarn skulle han inte hinna se växa upp även om det skulle bli inom en snar framtid.

Ulla höll ett stadigt grepp i Wilhelms arm och släppte inte taget förrän de stod vid entrén. Tore höll upp dörren och nickade välkomnande. Den breda marmortrappan som ledde upp till övre plan, var försedd med stadiga ledstänger på båda sidor. Ulla lade sig till med en allvarlig min.

"Här tycker jag att du ska gå så mycket som möjligt. Det är nyttig motion och bra för både muskler och hjärta. Om du inte orkar så tar du bara hissen."

Rummet var nystädat och luktade fräscht. Wilhelms saker var utplacerade på ett genomtänkt sätt. Det kändes genast hemvant.

"Här är ditt rum Wilhelm" sa Ulla och strålade av entusiasm. "Stort och luftigt och med egen teve där du kan se nästan vilka kanaler du vill. Nu tycker jag att du Wilhelm gör dig hemmastadd på ditt rum, så ska Victor följa med mig och Tore till kontoret. Vill du något trycker du bara på knappen vid sängbordet så kommer det genast personal. Och du ska inte tro att du är till besvär. De är här för din skull och är du inte nöjd med deras bemötande så talar du bara om det för mig."

Wilhelm gick runt i rummet. Det var större än han föreställt sig. Han tittade runt i skåp och lådor och fann att det mesta han behövde var prydligt nedpackat och upphängt. En stor platteve hängde på väggen. På skrivbordet stod hans dator färdiginstallerad på det lokala nätverket. Han satte sig ner i sin hemtama skrivbordsstol och tittade runt på skärmen för att se så att alla genvägar var där de skulle och att inget ändrat sig under flytten. Det såg bra ut. Han loggade in på klart.se för att kolla vädret som han så ofta brukade göra. Värmen såg ut att hålla i sig några dagar till, även om hösten väntade bakom hörnet. Wilhelm var en höstmänniska. Han hade aldrig varit särskilt förtjust i allt för hög värme. Sofia hade varit tvärt om och propsat på långa promenader i sommarhettan. Det hade alltid varit en plåga för Wilhelm, men han hade tålmodigt gått henne till mötes. Nu slapp han det och det var väl en tröst, om än klen.

Victor signerade kontraktet efter att han fått svar på de frågor som fortfarande fanns att ställa. Nu var allt klart och han skulle inte behöva vara orolig längre. Det var med blandade känslor han gick upp till sin far för att säga adjö. Nog för att han skulle komma och hälsa på honom så ofta han kunde, men det skulle inte bli varje vecka som tidigare. Han hade stora planer för sin verksamhet som skulle kräva mycket tid.

Kapitel 3

Magda Löwenhielm hade bott på Lyckelängan i ett och ett halvt år. Innan hade hon varit pensionerad i några år efter att hon avslutat sin karriär som ambassadör i Portugal.

Wilhelm hade tagit mod till sig och börjat prata med henne redan efter några dagar. Det visade sig att Ulla haft rätt. Magda var en mycket intelligent och intressant kvinna som var enkel att konversera med och hade mycket spännande saker att berätta. Att hon då och då hamnade i ett tillstånd av personlighetsförändring och då kunde uttrycka sig både opassande och oförskämt, var något Wilhelm hade överseende med. Det kunde rentav vara ganska underhållande, speciellt då hon lade ut texten om sina erotiska erfarenheter. Till en början hade Wilhelm blivit generad och dragit sig undan när sådant kommit på tal. När han förstått att hon inte efteråt var medveten om vad hon sagt, kunde han känna sig lite lugnare och finna ett visst nöje i att lyssna till hennes fräcka vokabulär.

Några av de andra boende var totalt ointressanta och inga som Wilhelm gjorde någon större ansträngning av att försöka lära känna. De pratade mest om sina krämpor och var fullkomligt likgiltiga för vad andra hade att säga.

Förutom Magda Löwenhielm var det två andra personer som Wilhelm efter en tid fattat tycke för. Det var Marie-Louise Vertén, en kvinna som var något yngre. Hon hade en bakgrund inom rättsväsendet både som advokat och domare. Hon var lite av en varannandagsmänniska. Ena dagen var oerhört klar och skärpt och andra dagen helt förvirrad. Hon var liksom Wilhelm helt klar över sin situation och de hade kommit fram till att de båda led av samma symtom även om hennes sjukdomsbild var något längre framskriden. De talade ofta om detta och hade kommit överens om hur de skulle förhålla sig till situationen.

Den andra var Jens Andreasson. En före detta högskolelärare inom datateknik. Han hade varit med från allra första början när ettor och nollor gjorde sitt intåg och var nu en oerhört kunnig expert inom området. Wilhelm hade först svårt att förstå varför Jens bodde på Lyckelängan. Han verkade fullkomligt frisk och visade inte minsta tecken på någon demens. Det var först när han ställt en rak fråga som han fick svar. Det var ingen demens det var frågan om utan en tumör som satt så illa till att den varken gick att operera eller stråla bort. Den var långsamt växande och skulle med tiden påverka den plats i hjärnan som styrde förmågan att känna empati. Det skulle kunna få ödesdigra konsekvenser om inte hjälp och vård fanns i omedelbar närhet. Det var inget som Jens ville chansa på och hade därför på eget initiativ skrivit in sig. Om personlighetsförändringen skulle komma om en dag eller ett år kunde ingen säga, men att den skulle inträffa inom en inte alltför avlägsen framtid, stod alldeles klart.

Personalen på Lyckelängan fanns bara gott att säga om. De var mycket vänliga och professionella allesammans för att inte tala om de båda praktikanterna som var så omtyckta. Speciellt Dalia som visade sådan omtanke och vänlighet med alla hon mötte. Wilhelm hade tyckt om henne från första början och hela tiden växte hon i hans ögon. Hon berättade att hon som liten kommit som flykting från Kenya tillsammans med sin mor. Fadern hade blivit dödad i strid med regeringssoldater då han tillhörde en rebellgrupp som kämpade för självständighet i en del av landet. Hon hade anpassat sig väl i det nya landet trots att hon fått uthärda mycket på grund av sin hudfärg. Men hon kände ingen bitterhet över det och när hon blev äldre hade hon fått många lojala vänner som stöttade henne i alla väder.

Dalia var mycket intresserad av vad de boende på Lyckelängan hade att berätta om sina äventyrsrika liv. Det var nog mycket därför hon var så omtyckt. Hon lyssnade med hängivelse och ställde kloka och relevanta frågor. Speciellt intresserad var hon av Wilhelms tid vid Östtysklands hemliga polis. De hade tillbringat många stunder tillsammans då han fått berätta om sina upplevelser. Ulla och Tore hade tidigt insett värdet av samtal mellan boende och personal och vilken positiv inverkan det hade. Därför uppmuntrades det. Kontrasten mellan vården på Lyckelängan och den som skedde i kommunstyrda boenden var enorm, men så var också prislappen därefter.

***

När de sista löven fallit från träden och november infunnit sig med sitt trista täcke av gråväder och duggregn, hade Wilhelm funnit sig väl tillrätta i sitt nya hem. Victor hade hälsat på några gånger, men de besöken hade blivit allt mer sällsynta. Det gjorde inte så mycket. Tillvaron på Lyckelängan hade överträffat alla förväntningar och Wilhelm trivdes utomordentligt. Hennings mat var fantastisk liksom personalens omvårdnad. Det var som att bo på ett finare hotell omgiven av goda vänner. Ofta samlades alla fyra i någons rum, spelade kort, såg någon bra film, drack vin och samtalade om allt som intresserade dem. Den tristess som Wilhelm tidigare hade befarat, infann sig aldrig och nu ångrade han inte för ett ögonblick att han gått med på att flytta. Visst hade han varit frånvarande några gånger och inte vetat vad som hade hänt, men det var liksom naturligt och något som alla var medvetna om. Det hände alla utom Jens som var den som förutom personalen höll ett vakande öga på de övriga.

Ibland hade någon person utanför gruppen försökt att ta kontakt och komma med i den gemytliga gemenskap som så tydligt lyste igenom. Det hade välkomnats med öppna armar. Men när det visat sig att personen i fråga enbart hade sökt sig dit av egoistiska skäl och inte hade något positivt att tillföra, hade framförallt Magda avfärdat vidare bekantskap på ett mycket bestämt sätt. Hon var aldrig rädd att säga vad hon tyckte även om hon ibland kunde vara väl brutal i sin ärlighet.

De hade kommit överens om att berätta för varandra om vad som hände när någon gått in i dimman. Det inträffade sällan att flera samtidigt försvann i förvirring. Någon gång hade det hänt men då fanns Jens där som kunde berätta för de andra. Marie-Louise var som vanligt ganska regelbunden i sin cykel, men när det hände henne fanns inte så mycket att säga. Hon satt mest stilla och var tyst. Annat var det med Magda. De andra hade en del huvudbry med hur de skulle berätta sanningsenligt om hur hon betedde sig utan att göra henne generad. Till slut hade Jens tagit mod till sig och sagt rakt ut hur vulgär hon varit. Det blev en något oväntad reaktion. I stället för att skämmas eller bli ledsen tyckte Magda att det var oerhört komiskt och hon skrattade länge och väl åt sitt beteende. Det var en sten som fallit från de övrigas axlar och de kunde nu till fullo berätta sanningsenligt om Magdas uttalanden och samtidigt skratta gott.

Wilhelm var inte särskilt road över att höra hur han själv betedde sig, men samtidigt var det intressant. Det var som att höra om en helt främmande människa han inte hade minsta kunskap om. Oftast ville han röra på sig och försökte vid flera tillfällen ta sig ut på egna promenader. Då var personalen påpasslig och såg till att han fick sällskap på sina små utflykter. Jens hade promenerat med honom vid flera tillfällen och kunde berätta om deras samtal. Wilhelm hade inga som helst minnen från detta men kände sig lugn när han fått veta att hans personlighet och sätt att tala inte på något vis var avvikande från det normala. Det var tydligen bara ren minnesförlust.

Det blev till en trivsam vana att de fyra varje kväll samlades och reflekterade över dagen som gått. Det skulle inte vara för evigt, men tillsvidare kändes det värdefullt att ta vara på den lilla tid som ännu fanns kvar.

***

Julen firades i ett överdåd som påminde om Ingmar Bergmans jul i Fanny och Alexander. Hennings julbord var något utöver det vanliga och de nära och kära som var på plats visste inte till sig av beundran. Wilhelm hade oturligt nog varit förvirrad under aftonen och mindes varken att Victor varit på besök eller det utsökta julbordet. Under juldagskvällen var han dock vid sina sinnens fulla bruk igen. Efter kvällsmaten samlades de fyra på Magdas rum för att som vanligt avhandla dagens händelser och avnjuta varsitt glas rött. Jens hällde upp den

ädla drycken i de fyra glasen som stod uppställda på små fat
av päronträ som Magda fått i julklapp av en anhörig.

"Jaså du Wilhelm, inte visste jag att du var så förtjust i
grisfötter. Det har du aldrig sagt. Du fick i dig en hel del i går"

Wilhelm rynkade på ögonbrynen.

"Nej, nu skojar du allt. Jag vet inte ens om jag någonsin har
smakat sådant elände."

"Jodå, du åt med god aptit. Var det inte en fem sex stycken
han fick i sig?"

Jens tittade på de båda kvinnorna och blinkade lite diskret.

"Jo, det stämmer" svarade Marie-Louise och försökte se
allvarlig ut. Magda var inte sen att hänga på.

"Ja, det kan jag också intyga. Och du slickade också i dig all
den feta gelén som de var inkokta i. Du måste ha fått i dig
minst en halvliter. Blev du inte dålig i magen?"

Wilhelm kände först hur det vände sig i magen. Han tittade på
de övriga som brast ut i skratt.

"Käre bror, vi skojar bara" sa Jens, varefter han tog en klunk
vin.

"Det fanns överhuvudtaget inga grisfötter framdukade."

"Tänkte väl det" sa Wilhelm och skålade med de övriga. Han
hade börjat vänja sig vid och även uppskatta de andras humor.
I början hade han haft svårt att ta det till sig. Han var ju
fortfarande en bitter gammal gubbe som mest gick och tänkte
på det som var dåligt. Men allt oftare hade han kommit på sig
själv med att faktiskt tänka lite mer positivt. Trots allt hade
han nu det så mycket bättre och roligare än han haft på många
år.

"Synd att inte Magda blev förvirrad också, då kunde det blivit
lite bättre fart på julstämningen."

Magda blängde surt på Wilhelm.

”Jo, men det skulle ju inte du haft någon glädje av.”

”Inte då kanske, men i dag när Jens berättat hur du burit dig åt.”

Jens höjde glaset och skålade.

”Det är ju en dag kvar på julen. I morgon kanske Magda kan underhålla oss med sina ekivoka utläggningar så vi får ett muntert avslut på helgen.”

Magda knep ihop ögonen i en illa dold missnöjesmin.

”Ni skulle allt må då, era snuskgubbar.”

Kapitel 4

Inför det nya året vankades åter stort firande på Lyckelängan.
De anhöriga som börjat vänja sig vid det överdåd som alltid
dukades upp, hade inga svårigheter att välja bort stela och
ibland urartande nyårstillställningar hos grannar och goda
vänner. På Lyckelängan rådde det ett stort lugn. Men det var
nog Hennings mat som var den största lockelsen. Den här
gången skulle det även bli uppträdande av en känd sångerska
som tillsammans med en gitarrist skulle framföra några av sina
mest omtyckta sånger. Hon var bekant med doktor Tore och
hade blivit övertalad då han vid ett tillfälle behandlat henne för
en venerisk sjukdom.

Wilhelm hoppades innerligt att han skulle vara klar i skallen
under den här dagen, men visste samtidigt att det inte fanns
något sätt att kunna påverka det. Han kunde bara hålla
tummarna.

I mellandagarna hade det skett ett dödsfall nere i förvaringen.
Ja, det var så den kallades, avdelningen där alla skulle hamna
till sist. Det satte lite sorti på stämningen, men personalen
gjorde vad de kunde för att allt skulle bli så trivsamt som
möjligt.

Det serverades en lättare lunch och under eftermiddagen var
det filmförevisning i stora salen. Det var Dimmornas bro som
visades. Wilhelm som annars var filmintresserad tyckte det var
lite mossigt att visa en sådan gammal avdankad rulle. Han
hade hellre sett någon mer fartfylld film. Magda och Marie-
Louise tyckte däremot att det var ett förträffligt val. De satt
mest och snyftade och torkade tårar hela tiden. Efteråt visade
det sig att Marie-Louise varit borta hela tiden, men tydligen
hade handlingen påverkat henne i lika hög grad som om hon
varit som vanligt. Enda skillnaden var att hon inte efteråt
mindes något av filmen.

"Märkvärdigt" sa Jens till Wilhelm när de gått ut på altanen så Jens kunde röka." Hon tyckte uppenbarligen att filmen var bra. Du såg väl hur hon satt och grät. Det måste betyda att hon har samma känslor och upplevelser som när hon är borta, bara det att hon inte kommer ihåg något. Det kanske är som när man varit riktigt full och fått minnesluckor?"

Wilhelm blickade ut över den snötäckta gårdsplanen.

"Ja, jag vet inte. Så full har jag aldrig varit. Men jag skulle inte tro att det är jämförbart. Själv kan jag inte frammana några som helst minnen från mina egna upplevelser hur mycket jag än försöker. Man kan ju alltid hoppas att intryck och känslor inte förändras så mycket. Fast det är klart, om man inte minns något så spelar det kanske inte så stor roll?"

Altandörren öppnades och Dalia kom ut. Hon var klädd i en vit klänning och hade en tjock täckjacka med pälskrage hängande över axlarna.

"Jag tänkte ta mig en rök jag också"

De båda gubbarna tittade förvånat på henne.

"Men lilla flicka, du röker väl inte?"

"Nej inte vanligtvis, men på nyårsafton brukar jag feströka".

Jens tittade medlidsamt på henne.

"Är det inte tråkig för dig som är så ung och söt att fira nyår här tillsammans med oss gamla stollar? Du ska väl vara ute med jämnåriga och festa?"

Dalia tände cigaretten och drog ett djupt halsbloss.

"Det ska jag också. Efter maten och uppträdandet. Men vem vill missa Hennings nyårsmeny och att få höra Hanna Holmström sjunga live? Inte jag i alla fall. Sen drar jag ner till bygdegården där det är fest."

De båda herrarna nickade gillande.

"Det är riktigt, ungdomen ska roa sig och vara uppe sent.
Själva får vi vara glada om vi orkar hålla oss vakna till
tolvslaget."

***

Det blev en nyårsafton värd att minnas. Wilhelm hade turen på
sin sida och fick ett ljuvligt minne att bevara. Marie-Louise
hade inte samma tur, men uppträdandet hade filmats så hon
fick möjlighet att uppleva det vid ett senare tillfälle. Hur maten
var fick hon veta när Jens målande beskrev alla läckerheter
och hur smakerna gifte sig med varandra.

De anhöriga som kommit långväga ifrån hade fått möjlighet att
sova över. Det hade även Victor gjort trots att han mycket väl
kunnat åka taxi. På nyårsdagen tillbringade far och son mycket
tid tillsammans. Det var kvalitetstid för de båda och Victor
kände sig oerhört lättad när han fått höra hur bra hans far
trivdes. Under en promenad fick han fram det han gått och
tryckt på en längre tid.

"Du pappa, det är så att jag har hittat en köpare till huset. Vad
säger du, ska vi slå till nu när priserna är bra?"

Han tittade till på sin far för att se vad reaktionen blev.
Wilhelm visade inte med en min vad han kände.

"Ja, gör så. Jag hade nog inte tänkt att komma tillbaka något
mer så det är väl inget att fundera över. Hur mycket skulle vi
få?"

Victor drog en djup suck av lättnad. Han hade sett framför sig
hur hans far skulle bryta ihop och börjat gråta.

"En och en halv är utgångspriset."

Wilhelm hajade till. Så mycket hade han aldrig kunnat tänka
sig.

"Ja, det var inte illa. Då kan jag betala själv för mitt boende
här."

”Det behöver du inte fundera över. Det är redan betalt för i år. Jag sätter in pengarna på ditt konto så kan du använda dem som du vill. Förresten, är det något mer du vill ha hit? Jag tänkte leja för rensning och flyttstädning.”

”Nej, ta du vad du vill ha och gör dig av med resten. Jag har det jag behöver här”.

Wilhelm hade bävat för den här dagen som han visste skulle komma. Det var liksom slutpunkten och det fanns ingen väg tillbaka. Hans käraste ägodelar hade han tagit med sig, men Sofias saker fanns fortfarande kvar. Hennes kläder hade legat orörda sedan hennes bortgång och hennes halsband hängde fortfarande kvar på krokarna i badrummet. Det hade varit en liten tröst att se dem hänga där och ibland kunde han se henne framför sig iklädd sitt långa pärlhalsband hon fått av honom på sin femtioårsdag. Det kändes tungt, fast inte lika tungt som om det skulle skett för några månader sedan.

***

Strax efter påsk skedde en dramatisk förändring i Magdas tillstånd. Hon kom inte tillbaka som hon alltid gjort tidigare, efter en dag av förvirring. Hennes tre vänner väntade tålmodigt och hoppades in i det sista att de skulle få återse den gamla belevade Magda igen, men efter tre dagar förstod de att det inte skulle hända. Nu var det inte bara den fräcka och vulgära Magda längre, utan en elak gammal kärring som spottade, fräste och slog efter alla som kom i närheten. Doktor Tore förklarade att tillståndet var väntat och att det nu inte skulle dröja länge innan Magda var tvungen att läggas in på förvaringen. Så benämnde han vanligtvis inte den avdelningen, men just i den här stunden råkade han använda samma ord som alla andra.

Wilhelm kände sig djupt nedstämd. Magda hade verkligen varit en ljuspunkt i tillvaron och bidragit med så mycket av både visdom och skratt. Att nu se henne som en person omöjlig att tycka om, gjorde honom förtvivlad.

Det blev en annan och allvarligare stämning under de kvällar
som Wilhelm, Jens och Marie-Louise satt och sammanfattade
dagarna som gått. En kväll hade de lyckats övertala doktor
Tore att sitta med. Egentligen ville ingen av dem veta mer om
vad som väntade, men ovissheten var heller ingen behaglig
känsla. Jens var den som tog upp frågan först.

"Finns det ingen möjlighet att Magda kommer att kunna bli
bättre? Det kommer ju så många nya mediciner."

"Jag är ledsen, men det finns det inte. Hennes sjukdom har nu
nått det stadie där utvecklingen går i allt snabbare takt. Magda
fick de läkemedel som kunde hjälpa henne och det förlängde
troligtvis hennes normala tillstånd i över ett år, men nu finns
inget som hjälper längre. Jag skulle tro att hon måste läggas in
om några dagar."

Wilhelm såg synen framför sig. Hur Magda låg som en grönsak
med tom blick stirrande i taket, kameraövervakad och
oförmögen att varken kunna äta eller göra sina behov. Vilket
hemskt slut på ett långt och innehållsrikt liv.

Marie-Louise såg på Tore med glansiga ögon.

"Känner hon något? Är hon medveten om vad som händer?"

"Det kan jag inte svara på. Min teori är att hon känslomässigt
är helt avstängd, men det är bara mina spekulationer. Det är
nog mycket långt kvar innan vi får möjlighet att tillskansa oss
den kunskapen."

Jens skruvade på sig och verkade nervös.

"Jag vet inte vad ni andra säger, men jag skulle vilja veta mer
om min egen och mina vänners framtidsutsikter. För egen del
skiter jag i sekretess och om övriga har samma inställning, ser
jag inget hinder att du Tore kan vara öppen och ärlig nu."

Tore log lite försiktigt och rynkade pannan som om han
tvekade.

”För min del möter det inget hinder” sa Wilhelm och tittade på Marie-Louise.

”Nej, det är okej för mig också.”

”Ni har ju alla fått veta det ni frågat om när vi suttit enskilt och har väl förmodligen talat med varandra också, så att sitta här och berätta det ni förmodligen redan vet känns kanske inte så meningsfullt. Vad är det ni vill ha ut av det?”

Jens fyllde på glasen med vin.

”Jo, det ska jag tala om för dig käre doktor. Nu ska du berätta bortom medicinska termer och vetenskapliga fakta. Du har en unik erfarenhet och kan säkert förmedla dina tankar och teorier så att vi begriper. Vad kommer att hända och när?”

Tore suckade uppgivet.

”Vad dig beträffar Jens, så är det helt omöjligt att säga. Din tumör växer och verkar inte nämnvärt påverkas av medicineringen. Den är sakta på väg mot främre delen av den insulära loben.”

”Vänta nu här” Jens avbröt Tore lite smått irriterad, ”Skulle vi inte tala klarspråk var det sagt?”

”Jodå, lugna dig. Man är ganska säker på att förmågan att känna empati sitter just där och vad det kommer att innebära när tumören når dit, går inte att säga. I värsta fall blir du till en början helt känslokall, men det kan också bli tvärt om. I alla fall så blir du inte den du är i dag. Sedan om jag tittar på tillväxttakten så uppskattar jag din återstående levnadstid till cirka ett och ett halvt år, varav de sista månaderna på förvaringen. Är du nöjd så?”

Jens sken upp och verkade lättad.

”Då kanske jag har ett år kvar som den jag är nu. Det är ju inte illa. Hur är det då med mina vänner?”

Tore såg på Wilhelm och Marie-Louise för att få klartecken. De
båda nickade försiktigt.

"Ni båda lider av Alzheimers som ni vet. Den individuella
prognosen är svårbedömd och symtomen kan variera från
individ till individ. Min högst personliga gissning är att du
Marie-Louise kommer att vara helt borta före Wilhelm, om
kanske ett år eller högst ett och ett halvt. Vad Wilhelm
beträffar så verkar du svara något bättre på bromsmedicinerna
och har kanske ytterligare ett halvår som någorlunda frisk. Så
klart kommer stunderna av minnesförlust allt tätare, men
troligtvis blir de inte längre."

Doktor Tore tog några klunkar ur vinglaset och studerade
ansiktsuttrycken på de övriga.

"Nu får ni för fan inte berätta för Ulla eller någon annan vad jag
sagt. Det här är oetiskt så det förslår. Hoppas ni fattar det?"

"Vi fattar" sa Jens och öppnade en vinflaska till. " Det innebär
att det nu kanske blir sista sommaren tillsammans. Då ska vi
förbanne mig ta vara på den tiden. Skål!"

Kapitel 5

Dalia hade fått sommarjobb på Lyckelängan. Det var ganska
väntat, men hon kände sig ändå glad och upprymd. Lite
extrapengar att dryga ut studielånet med satt ju inte i vägen.
Avslutningsfesten i vårdskolans aula hade varit helt igenom
lyckad. Visserligen hade det inte varit så många grabbar på
plats, men den hon hela terminen gått och trånat efter hade
varit där. Anders Lundbladh, grannpojken hon lekt med som
liten och haft som klasskamrat ända tills de slutade nian.
Han hade inte alltid stått högt i kurs i hennes ögon.
I högstadiet föll han in i några av sina kompisars tuffa jargong
och började uttrycka rasistiska åsikter. Dalia var den som
drabbades värst då hon var den enda på skolan som hade
mörk hy. Hon tog det mycket hårt, speciellt som hon kände
Anders och visste att han innerst inne inte hade sådana
åsikter. Först hade hon bara ignorerat de tillmälen som haglat
över henne, men det blev allt jobbigare och till slut fick hon
nog. Hon talade med flera lärare och rektorn, men det fick
snarare motsatt effekt.

Vändpunkten kom en dag i slutet av årskurs nio när en av
Anders kompisar gav sig på henne. Anledningen var att Dalia
hade lyckats komma åt en öm punkt då hon argumenterade
mot hans inbillade åsikter om människor som hade en
mörkare hudfärg. Hon visste att killen i fråga hade tråkiga
hemförhållanden och att föräldrarna levde på socialbidrag. Det
var när hon antydde att det bland annat var hennes mor och
styvfar som via skatt försörjde honom och hans familj som det
brast. Många hade sett vad som skett och skyndat sig fram.
Däribland Anders som utan att tveka fällde kompisen med ett
knytnävslag mot ansiktet. Han hjälpte Dalia upp och följde
med henne in på toaletten där han varsamt torkade hennes
fläskläpp med en blöt pappershandduk. Han såg henne ömt i
ögonen.

”Kan du förlåta mig? Jag vet inte hur jag har tänkt, men du ska veta att inget av det jag sagt har jag menat innerst inne.”

”Men varför har du sagt det då? Kallat mig negerhora och apa. Vi som varit bästa vänner ända sedan vi var små.”

Anders ögon blev glansiga och han sänkte blicken.

”Ja, du det kan man undra. Jag är väl helt enkelt korkad. Men det får vara slut med det nu. Från och med nu tänker jag inte låta någon säga ett ont ord om dig, det lovar jag.”

Han tog hennes hand och tittade upp.

”Förlåter du mig?”

”Ja, okej då” sa Dalia och gav honom en kram.

Efter den händelsen hade allt förändrats till det bättre. Hon fick många sympatiyttringar som värmde och de få plumpheter som då och då yppades om hennes ursprung var mer av skämtsam karaktär, även om hon inte tyckte det var speciellt roligt.

I gymnasiet skildes Dalia och Anders vägar åt då hon började på vårdskolan och han på fordonslinjen. Men de träffades ibland på fester och som grannar. Dalia började se en annan sida hos Anders. En sida hon förut bara anat, men som sakta växte till sig. Han hade mognat och fått ett lugn och en värme som kändes långt inne i kroppen. Innan hade hon bara sett honom som en kompis men sakta började hon se honom som en tänkbar pojkvän.

På avslutningsfesten hade de hånglat. Det var inte första gången, men tidigare hade det bara varit i experimentellt syfte. De hade varit väldigt unga och inte riktigt förstått innebörden. Nu var det något annat och båda kände att något låg i luften som skulle kunna utvecklas till något riktigt bra.

Dalia spred sin glädje bland både boende och personal på
Lyckelängan så hon blev väldigt omtyckt. De boende ville inte
släppa taget om henne när hon väl satt sig ner för att prata.
Wilhelm var nog den som uppskattade henne högst av alla. De
hade tillbringat mycket tid då han ingående berättad om sin tid
i DDR och som utredare på Åklagarmyndigheten i Sverige.
Dalia var intresserad av kriminologi och hade ibland ångrat att
hon inte valt den banan i stället för vård och omsorg. Men efter
Wilhelms ingående berättelser förstod hon att det yrket också
hade baksidor som kunde vara jobbiga. Hemska fall av våld
och ondska som inte alltid var så lätt att skaka av sig och
lämna kvar på jobbet.

***

Strax före midsommar kom värmen som Wilhelm inte var
särskilt förtjust i. Visst kunde det vara skönt att gå i kortärmat
och känna ljummen vind i håret, men när temperaturen
klättrade upp över 25 grader tyckte han inte att det var skönt
längre. Det fanns som tur var luftkonditionering i rummen och
där tillbringade han de varmaste timmarna med att läsa böcker
eller lyssna på musik. Om kvällarna satt han ofta med Jens
och Marie-Louise ute på altanen, drack iskall öl och
småpratade om dagen som gått. Det mesta var sig likt och
stunderna av förvirring och glömska hade inte kommit oftare.
Både Wilhelm och Marie-Louise hade fått prova en ny medicin
som visserligen inte skulle vara mer effektiv, men som hade
lindrigare biverkningar än den gamla. De hade känt det på en
gång, att den annars så vanligt förekommande tröttheten fram
mot kvällen nu var ett minne blott och de kände sig piggare än
på länge. Jens var glad över att få så pigga vänner som nu
orkade sitta uppe lite längre. Han hade planer på att hälsa på
sin dotter och måg till midsommar. De skulle inte ha möjlighet
att komma till Lyckelängan, men bjudit in honom till
midsommarfirande vid sommarstugan i Dalarna. Det såg han
mycket fram emot även om han skulle sakna sina vänner och
Hennings midsommarmeny.

"Åk du med gott samvete" skrockade Wilhelm. "Marie-Louise
och jag klarar oss nog utan dig ett par dagar."

Marie-Louise nickade instämmande.

"Ja, jag får se hur jag gör. Men om jag åker får ni hålla ställningarna och inte släppa in Hasse Wretman i vår lilla gemenskap."

Hasse Wretman var en översexuell före detta åkeriägare som flyttat in på Lyckelängan under våren. Rik som ett troll och fullständigt odräglig i sitt beteende. Han hade från början kastat lystna blickar på Marie-Louise och gjort några tappra försök att ta sig in i den lilla vänkrets som växt sig allt starkare. Det hade inte gått så bra. Redan efter några dagar hade han lyckats förarga de övriga genom att göra sig lustig över Dalias hudfärg och kommit med nedlåtande kommentarer. Nu var dörren för alltid stängd för honom och han fick nöja sig med sällskapet från de övriga boende. Marie-Louise gjorde en grimas när han kom på tal.

"Den där snuskgubben, jag säger då det. Om han så bara petar på mig så kommer jag att sparka honom på smalbenet allt vad jag kan."

"Men om han kommer smygande när du är förvirrad, vad gör du då?" frågade Wilhelm.

"Ja, då får jag lita på att ni skyddar mig och om du Wilhelm är borta samtidigt och Jens är i Dalarna så vet jag inte hur det blir."

Jens lade huvudet på sned och knep med ögonen.

"Men om det skulle hända och du inte minns något efteråt så är det väl ingen skada skedd? Han är ju i alla fall en stilig karl även om han är dum i huvudet."

Marie-Louise spärrade upp ögonen och blev röd i ansiktet.

"Stilig! Är du inte klok, han är ju för fan vedervärdig."

"Jaså det tycker du. Men jag undrar nog om det ändå inte finns ett litet frö till attraktion där bakom den hårda fasaden?"

Det blev tyst en stund innan gubbarna tappade masken och Marie-Louise förstod att de skojade.

"Du kan vara lugn" sa Wilhelm. "Vi ska hålla ett vakande öga på dig, och är inte vi där så finns ju personalen.

***

Midsommarfirandet blev lugnt. Flera av de boende firade hos anhöriga och så gjorde även Hasse Wretman. Ulla och Tore hade sina barn och några övriga släktingar på plats. Åsa och Dalia stannade till middagen för att sedan dra vidare till festplatsen nere vid sjön. Victor som först hade tänkt komma, hade fått förhinder. Han hade blivit inbjuden till firande på en skärgårdsö av en av sina största leverantörer. Det gjorde inte så mycket tyckte Wilhelm. Han hade tillräckligt med sällskap av Marie-Louise som han börjat tycka allt bättre om, även på ett sätt som både var skrämmande och som kändes fantastiskt. Hennes barn och barnbarn var på plats och bidrog på ett positivt sätt till att göra hennes midsommarafton till ett kärt minne. Både Marie-Louise och Wilhelm hade turen att vara klara och rediga under hela kvällen och när alla andra gått för att sova, satt de båda kvar på altanen, åt kex med ädelost och drack upp det sista ur vinflaskorna. Det var stjärnklart och trots att det aldrig blev riktigt mörkt, kunde de tydligt urskilja stjärnbilderna på himlen.

De såg på varandra och skålade. För ett ögonblick kände Wilhelm ett sting av sorg när minnen från förr dök upp. Han såg sin älskade Sofia sitta där framför honom med sin varma blick och bubblande skratt. Känslan av svek och dåligt samvete var på väg att greppa honom när Ulla ropade från entrén.

"Nej, nu får ni allt ta och komma in. Nu finns ingen kvar som kan passa på er om det skulle bli nödvändigt."

Kapitel 6

Det var nu i slutet av juli och Wilhelm fyllde år. Victor kom på besök och passade samtidigt på att redogöra för den lyckade försäljningen av huset. Det hade blivit en ansenlig summa som nu var insatt på Wilhelms konto. Wilhelm propsade på att Victor skulle föra över en del av pengarna till sig själv, han skulle ju ändå få allt med tiden. Men Victor slog ifrån sig.

"Så där ska du inte tänka. Jag har så jag klarar mig och mer därtill. Företaget går som på räls och i år har försäljningen hittills överträffat alla förväntningar. Passa på och unna dig själv lite i stället. Köp champagne och dyra cigarrer och lite nya kläder."

"Ja nu röker jag ju inte, så cigarrer går väl bort. Men en flaska Krug Clos du Mesnil för fem tusen skulle inte sitta helt fel även om det skulle svida."

"Vet du, det tycker jag att du ska unna dig. Du och mamma har ju alltid gillat bubbel men du envisades alltid med att köpa de billigaste sorterna."

Wilhelm tänkte tillbaka på de ljuvliga stunder då han och Sofia suttit hemma i trädgården om sommarkvällarna. Då de ätit skaldjur, druckit mousserande vin och pratat om det som varit och om det som komma skulle. Det var ett kärt minne.

Tänk om han redan då delat upplevelsen av en flaska femtusenkronorschampagne med Sofia. Fast hon kanske inte hade uppskattat det, lite försiktig med pengar som hon var. Nu var det för sent och det kändes ledsamt. Lite roligt skulle det i alla fall vara att få bjuda sina vänner på Lyckelängan. Synd bara att inte Magda fanns kvar hos dem längre. Hon låg nedbäddad på förvaringen, oförmögen att kommunicera.

De hade hälsat på henne dagligen i början, men upptäckte snart att det inte fanns någon som helst reaktion på deras besök. Det kändes ganska meningslöst och gjorde dem bara nedstämda, så det blev allt glesare mellan besöken. De fick information om hennes tillstånd av personalen och förstod att det nu bara var en tidsfråga innan hon skulle lämna dem för gott. Det hade hon i och för sig redan gjort. Nu var det bara det tomma skalet kvar.

Wilhelm blev uppvaktad av både personal och boende. Särskilt glad blev han då Dalia kom fram och kramade om honom och överräckte ett litet vackert inbundet häfte med dikter hon själv skrivit.

"Grattis Wilhelm. Du kanske inte är så road av att läsa poesi, men jag visste inte vad jag skulle ge dig."

Wilhelm såg på henne med tårar i ögonen.

"Älskade lilla flicka, det var det finaste du kunnat ge mig. Men du skulle ju inte ha behövt ge mig något alls."

Victor såg på sin far och på Dalia. Deras kemi riktigt kändes i luften och han fylldes av glädje över att se sin far så glad och rörd.

***

En sen kväll ringde telefonen på Lyckelängans kontor. Ulla som var i full färd med bokföringen, svarade.

"Ja hej det är Amina, Dalias mamma. Dalia svarar inte på mobilen. Är hon kvar där?"

"Nej, hon slutade halv fyra i dag. Hon skulle visst träffa Anders, de skulle åka och bada. Men vänta lite så ska jag kolla om någon annan hört något."

Ulla lade ifrån sig luren och skyndade sig ut i personalrummet där några satt och fikade.

"Har ni sett till Dalia? Det är hennes mamma som undrar."

"Nej, hon slutade tidigt i dag. Hon skulle åka och bada."

Ulla letade rätt på Wilhelm som hon visste hade pratat med henne strax innan hon skulle åka.

"Wilhelm, vet du om Dalia är kvar?"

Wilhelm skakade på huvudet. Ulla skyndade tillbaka till kontoret och tog upp luren.

"Nej, jag är ledsen Amina men hon verkar ha åkt vid halv fyra som hon sa. Om hon är och badar så har hon ju inte mobilen på sig. Hon hör nog snart av sig ska du se. Jag ringer om jag får veta något."

När Ulla lagt på luren kom en känsla av obehag krypande över henne. Dalia som var så noggrann och plikttrogen skulle aldrig lämna mobilen mer än korta stunder, och om hon badade skulle hon säkert inte vara i vattnet i flera timmar. Hon skakade av sig obehagskänslan och tänkte att det kanske blivit lite mer än bara badande och att det då varit lätt att glömma av tiden. Hon visste ju vilka känslor Dalia hade för Anders.

Morgonen därpå när inte Dalia dök upp, förstod Ulla att det måste ha hänt något. Hon ringde till föräldrarna och en anhörig svarade.

"Dalia kom aldrig hem i går. Amina och Leif har varit ute och letat hela natten men de har ännu inte hört av sig."

Ulla kände hur hon blev kall i hela kroppen.

"Har ni ringt polisen?"

"Ja, självklart! De är också ute och letar."

Ulla hann bara lägga på luren då en polisbil körde upp på gårdsplanen.

Poliserna bekräftade att Dalia var försvunnen och bad att få prata med all personal och med de boende som gick att prata med.

Wilhelm var den som sist träffat henne. Han redogjorde för allt det han visste och som yrkesman visste han precis vilken information polisen kunde ha nytta av. Efter samtalet gick han till sitt rum och lade sig på sängen. Han kände hur ångesten kom krypande och han huttrade trots att det var varmt. Den känsla som omslöt honom var inte helt olik den han känt för många år sedan då läkaren berättat om Sofias cancerdiagnos. Den känslan hade han hoppats att han aldrig mer skulle behöva uppleva. Nu fanns den där igen. Kanske inte lika stark som då, men oerhört tung och smärtande.

***

Anders Lundbladh satt i långa förhör. De flesta i förhörsrummet var övertygade om att han var inblandad i hennes försvinnande. De hade träffats vid badplatsen vid 16-tiden på eftermiddagen, badat, solat och snackat.

Efteråt hade de enligt honom cyklat till grillen och käkat hamburgare varefter de skiljts åt vid 18-tiden.

Anders pressades hårt av förhörsledaren och medgav till slut att de hade haft sex. Det var inte för att han ville undanhålla viktig information han dragit ut på det, utan mer för att han tyckte det var pinsamt att tala om sådana saker inför främmande människor. Förhörsledaren hade nu bilden ganska klar i sitt huvud och försökte få Anders att medge att önskan om sexuella aktiviteter kanske inte varit helt ömsesidig. Statistik och tidigare erfarenheter talade sitt tydliga språk och sannolikheten att Anders på något vis var inblandad i försvinnandet var hög. Han fick stanna i häktet i avvaktan på fortsatta förhör.

Vid lunchtid kom beskedet alla hade fruktat. Dalia hade hittats död. En bonde hade hittat henne hängande i ett rep i en lada när han skulle hämta hönsfoder.

Ryktet spred sig snabbt och förstämningen var stor i samhället. Att Anders Lundbladh satt anhållen tog många som en sanning

att han var skyldig. Det gjorde inte Dalias föräldrar och inte
heller personalen på Lyckelängan. De hade alla hört hennes
lovord över sin vän och att det inom en snar framtid skulle bli
de två, var nästan ett faktum.

Wilhelm och hans vänner var bedrövade liksom personalen och
de boende som hade förmågan att förstå något. Det hela
kändes som en ond dröm som alla hoppades skulle ta slut. De
förut så trivsamma stunder då Wilhelm, Jens och Marie-Louise
om kvällarna satt och begrundade dagens händelser, var inte
längre så trivsamma. De satt mest tysta och insjunkna i sina
egna tankar. Wilhelm kände att livet hade blivit tungt igen,
efter att ha varit näst intill underbart.

***

Obduktionen och efterföljande provtagningar visade att Anders
Lundbladhs DNA och ingen annans hittats på hennes kropp.
Hon hade blivit slagen och knivstucken men dödsorsaken var
strypning. Anders hade inget hållbart alibi för tiden efter att de
varit på grillen. Han häktades misstänkt för mord.

Utredarna hittade inga andra spår på brottsplatsen trots ett
ihärdigt sökande. Några vittnesiaktagelser fanns inte och ingen
hade sett eller hört något som avvikit från det normala. Under
kartläggningen om Anders förflutna, framkom det att han i
högstadiet börjat uttrycka rasistiska åsikter. Det fanns gamla
klasskompisar som kunde vittna om det och det fanns även
upptaget i skolans dokumentation. Då Dalia var mörkhyad
sågs det som en ytterligare pusselbit att lägga till indiciekedjan
som sakta höll på att byggas upp.

Anders dator blev genomgången och hans surfvanor
analyserades. Där framgick att han frekvent besökt porrsidor
med färgade kvinnor. Hans förklaring var att han helt enkelt
tyckte mörkhyade tjejer var sexiga. Utredarna misstänkte att
det låg mer än så bakom och konstruerade en teori om att han
länge varit besatt av att ha sex med en mörkhyad tjej. När så
möjligheten uppstod och det inte gick riktigt som han tänkt sig,
hade han tappat behärskningen och våldfört sig på Dalia.

Sedan hade han i panik bragt henne om livet när han kommit till insikt om vad konsekvensen skulle bli om hon anmälde honom.

Anders nekade. Han kunde inte begripa att inte polisen förstod att de var vänner, på väg att bli ett par och att samlaget de haft hade varit i samtycke. Han blev allt mer desperat och bröt till slut ihop, oförmögen att svara på frågor och ge trovärdiga förklaringar. Det som till sist fällde avgörandet var DNA-bevisningen och Anders dömdes till sluten ungdomsvård.

Fallet blev mycket uppmärksammat och i ett program på tv uttalade sig Leif GW där han med stöd av forskning och erfarenhet klargjorde att polisen i detta fall nog varit rätt ute i sin analys.

Några som inte var lika övertygade var Dalias och Anders föräldrar. Där fanns inte minsta tvekan om att det var en rättsskandal som nu inträffat och de gjorde vad de kunde för att sprida budskapet vidare.

På Lyckelängan var stämningen dyster. Alla saknade Dalia och det var svårt att känna någon glädje överhuvudtaget. Wilhelm, Jens och Marie-Louise fortsatte som vanligt med sina kvällsträffar. Nu handlade samtalen nästan uteslutande om det som hänt Dalia och Anders. Marie-Louise var så upprörd att hon nästan grät.

"Hur i helvete kan det få gå till så här?"

Wilhelm och Jens hoppade till av hennes plötsliga utbrott och oväntade vokabulär.

"Om det varit jag som satt som åklagare hade jag aldrig köpt polisens upplägg. Finns inte på kartan. Om de bara tagit fasta på vad de som kände ungdomarna berättat, hade det aldrig blivit så här. Det är en jävla skandal. Och varför skulle han hängt henne om det varit en desperat impuls? Det krävs en hel del för att hänga någon och det tar tid. Nej, det stämmer inte."

Wilhelm och Jens såg på varandra. Den annars så lågmälda
Marie-Louise hade nu förvandlats till en hårdför rättsanalytiker
och hennes reaktion kändes ända in i märgen.

"Ja, konstigt är det" sa Jens. "Vi, föräldrarna och många andra
berättade ju om vad Dalia sagt och vad hon och Andres hade
för relation. Hur kan det då komma sig att de inte lade någon
som helst vikt vid det?"

Wilhelm satt tyst och verkade insjunken i egna tankar. Han
hade legat sömnlös i flera nätter och bara tänkt på det som
hänt. Han sträckte på sig och drack upp det sista i vinglaset
varefter han ställde ner det på bordet med en smäll.

"Så här är det. Vi tre gamla stollar sitter nu här och väntar på
döden. Vi har alla kunskaper och färdigheter som bara ligger
och skräpar i medvetandet till ingen nytta. Vår sammanlagda
livserfarenhet är enorm. Ska vi inte som en sista gärning i livet
försöka göra något vettigt och se till att ställa allt till rätta?"

Det blev helt tyst vid bordet. Jens och Marie-Louise såg på
varandra och sedan på Wilhelm. Tystnaden varade i flera
minuter kändes det som.

"Ja, varför inte" sa Jens men verkade inte förvånad. "Vi har ju
vår frihet att komma och gå som vi vill bara vi håller reda på
varandra. Jag kan nog ta mig in i vilken databas jag vill och du
Marie-Louise vet vilka knappar som ska tryckas på för att få
tillgång till information. Du Wilhelm med din digra erfarenhet
som agent och utredare skulle kunna göra underverk."

"Ta mig fan om vi inte ska göra det" sa Marie-Louise och fick
genast ett helt annat uttryck i ansiktet. "Sedan skiter vi
fullständigt i om vi går över gränsen och begår lagbrott. Ingen
kommer att bry sig då vi sitter på ett vårdhem för dementa. Det
ska vi dra nytta av."

Wilhelm kände hur det bubblade i kroppen. Det var som om
han helt plötsligt blivit flera decennier yngre. Han fyllde på
vinglasen och utbringade en skål.

Kapitel 7

Dalia hade varit på ett strålande humör den här dagen. Visserligen var hon för det mesta på gott humör men nu var det extra muntert. Det var vackert väder och hon såg verkligen fram emot att få tillbringa kvällen med Anders. De hade umgåtts flitigt den senaste tiden och för varje gång de träffats, hade det känts allt bättre.

De möttes precis som planerat vid en glänta nere vid sjön, lite undanskymd ett stycke från den offentliga badplatsen. Där hade de solat och badat, druckit starkcider och haft sex. De var båda lite småberusade när de senare cyklade till grillen för att käka hamburgare. Anders hade lovat att mata katten hos sina morföräldrar då de var bortresta. Deras stuga låg en bra bit bort, så han cyklade iväg när de ätit klart.

Dalia var lycklig där hon vinglade fram på sin cykel på väg hem. Nu var det ingen tvekan längre. Det var Anders och hon och de var ihop på riktigt. Hon visste att hennes föräldrar skulle bli mycket glada då Anders stod högt i kurs i deras ögon. De hade säkert räknat ut att det bara var en tidsfråga innan det skulle ske.

Dalias tankar var uppe och seglade bland molnen. Hon märkte aldrig den nedblåsta grenen på vägen då hon passerade ladorna.

Tjatet om att bära cykelhjälm som hon alltid ignorerat, fick nu en annan tyngd när hon störtade huvudstupa över styret. Hon hann tänka på det innan hon slog i marken och allt blev svart.

Det första som slog henne när hon kvicknade till, var att det var så varmt och mörkt. Först var allt suddigt men hon kunde skymta konturerna av en annan människa som stod intill henne. Efter en kort stund kunde hon se tydligare och hon kände igen honom.

"Hej Dalia. Du har slagit i ordentligt så det är bäst att du ligger still en stund. Det var en himla tur att jag kom förbi just nu, annars hade du legat kvar och kanske blivit påkörd."

"Hej! Vad hände? Körde jag omkull?"

"Ja, du bara låg där. Först trodde jag att du var död men sen såg jag att du andades och det kändes skönt. Förmodligen har du bara fått en lättare hjärnskakning och är nog strax på benen igen."

"Men varför ligger jag här inne? Bar du in mig?"

"Ja, jag tyckte inte att du skulle ligga kvar på vägen och vid sidan är det ju så mycket brännässlor, så jag bar in dig i stället."

Dalia sträckte ut armar och ben för att känna efter om allt var som det skulle. Hon tog sig mot pannan och kände en kraftig svullnad.

"Gud, vad det gör ont i huvudet. Kanske bäst att du kör mig till vårdcentralen så de får kolla ordentligt. Att slå i huvudet är inte att leka med."

Mannen ställde sig på knä intill henne.

"Det ska jag göra. Jag ska bara kolla att du är okej."

Han kände försiktigt på hennes på hennes panna och runt på huvudet.

"Det ser inte så illa ut. Det verkar bara vara pannan du slog i. Vi ska kolla så det inte är något mer."

Han började känna på hennes axlar och armar och när han rörde hennes bröst trodde hon först att det var av misstag. Men när det hände om och om igen började det sakta gå upp för henne att allt inte stod rätt till. Han var ju ingen läkare.

"Nej hördu, nu får du sluta. Hjälp mig upp och kör mig till vårdcentralen."

"Ja vänta lite, jag är strax klar."

Innan hon hunnit reagera var hans hand under byxlinningen och hon kände hur hans fingrar letade sig fram under hennes trosor. Hon skrek och sparkade men han kvävde snabbt hennes skrik med sin hand för hennes mun. Då kände hon att han hade gummihandskar på sig och förstod att hon nu måste kämpa för sitt liv.

Med en oerhörd kraftansträngning slängde hon upp sitt ben och fick det runt hans nacke och drog ner honom. Han förlorade fattningen ett ögonblick och det räckte för att hon skulle hinna resa sig upp och springa mot dörren. Det var ingen vanlig dörr utan en stor port där traktorer och kärror skulle komma in. Porten var reglad med en kraftig tvärslå och Dalia kämpade febrilt för att få bort den. När hon förstod att hon inte skulle hinna komma ut, vände hon sig snabbt för att värja sig mot mannen som kom springande. Hon var vig och snabb och med en fint lyckades hon avvärja hans attack. Hon rusade allt hon förmådde in i ladan för att kanske hitta en annan utväg. Det enda som rörde sig i hennes huvud var hur hon skulle kunna komma därifrån. Tanken på att en helt vanlig människa som hon dessutom kände till, skulle kunna förvandlas till ett monster fanns där gnagande i hennes hjärna. Men nu var fokus ett annat. Hon hörde hans steg hack i häl och ökade takten. Det stod en massa bråte och gamla maskiner i den stora ladan och hon sicksackade mellan prylarna likt en slalomåkare. Det gav henne lite försprång och hon kunde se en ljusglimt i bortre änden av ladan som hon hoppades skulle vara en utväg.

Just när hon kände en liten strimma av hopp, snavade hon och ramlade in i en hög med kartonger. Mannen var snabbt över henne och med några kraftiga slag mot huvudet fick han henne att tappa medvetandet igen.

När Dalia vaknade till var hon naken och stod upprätt. Hon förvånades över att hon kunde stå trots att hon nyss varit medvetslös och nu inte hade någon känsel i benen, men förstod snart orsaken. Hon hade en snara om halsen som

drogs åt allt hårdare. Mannen kämpade och drog i andra änden
av repet och när han lyckats få upp henne en bit, knöt han fast
det så att han kunde släppa taget. Det flimrade för hennes
ögon och hon kippade efter andan. Hon kände ett stick i
halsen. Det gjorde inte ont men blodet rann i en strid ström
ned för hennes kropp. Det sista hon uppfattade innan hon
försvann in i mörkret, var hur mannen betraktade henne
samtidigt som han tillfredsställde sig själv.

***

Hon var vacker där hon hängde i det blå nylonrepet. Om det
inte vore för de rödsprängda ögongloberna som höll på att
tränga ut ur huvudet, såg hon nästan ut som en exotisk
prinsessa från någon Disneyfilm. Hennes hår vilade mot
axlarna och topparna rörde sig en aning av en vindpust som
letat sig in mellan springorna i den glesa plankväggen. Blodet
rann som en stilla vårbäck från sticksåret i halsen nedför sidan
längs den mörka huden, för att slutligen droppa ner på det
dammiga trägolvet. Tick tick tick tick tick.

Ljudet av dropparna var som ljuv musik och den växande
blodpölen under henne förstärkte upplevelsen till fulländning.
Det ryckte till i hennes ben några gånger och varje gång ryckte
det också till i mannen som betraktade henne på avstånd.
Hans ögon var glansiga och han svettades efter all
ansträngning. Nu hade han äntligen fått sin belöning och
kände hur tillfredsställelsens ljuva sötma omslöt honom. Han
kunde inte slita blicken från det vackra, trots att det redan gått
allt för lång tid. Men han besinnade sig och skyndade sig att få
undan alla spår som skulle kunna röja honom. Innan han gick
ut från den kvalmiga ladan, kastade han en blick över axeln
och gick för ett ögonblick igenom händelseförloppet ännu en
gång. Hade han missat något? Fanns där minsta lilla fragment
av mönstret från hans fingertoppar? Hade en enda droppe svett
fallit från hans panna? Fanns någonstans något spår av
utlösningen han så noggrant bäddat in i en linneservett, lagt i
en plastpåse och stoppat ner i fickan?

Kapitel 8

Wilhelms första besök på den lokala polisstationen blev inte helt lyckad. Han hade känt sig fullt normal och smitit iväg på cykel utan att säga till. Efter en uppfriskande cykeltur, var han framme vid stationen. Han hade tänkt att presentera sig och bara höra sig för lite om fallet, men precis när han hade klivit innanför dörren hade han glömt bort allt. Den rödlätta kvinnan i receptionen tittade misstänksamt på honom.

”Hejsan! Vad kan jag hjälpa dig med då?”

Wilhelm tittade sig förvirrat omkring och undrade var han befann sig.

”Ja, jag vet inte riktigt. Var är jag?”

Kvinnan suckade och såg uppgiven ut.

”Du är på polisstationen. Vad heter du?”

”Wilhelm heter jag”.

Kvinnan tog upp sin mobil och rullade en kulspetspenna mellan fingrarna medan hon väntade på svar.

”Ja hej! Kan du komma förbi stationen och skjutsa ner en herre till Lyckelängan. Nu är det dags igen.”

Det var inte första gången polisen varit tvungen att ta reda på förvirrade gamlingar som kommit på vift. Oftast brukade de ringa till vårdhemmet och be personalen där att hämta upp, men ibland när arbetsbelastningen var låg kunde de själva ombesörja transporten. Det brukade bjudas på fika med gott fikabröd, så det sågs inte som någon större uppoffring att utföra det uppdraget.

På Lyckelängan tog Ulla själv emot och bad om ursäkt för det inträffade. Att förmana Wilhelm just nu var meningslöst. Han skulle ändå inte komma ihåg vad hon sagt. Han fick lite medicin och ombads att sova middag en stund. Han var fortfarande förvirrad när han senare vaknade och var hungrig. Det var först nästa morgon han var sig själv igen.

Vid frukostbordet fick han veta vad som hänt. Ulla kom fram och satte sig bredvid honom och hon var inte särskilt glad.

"Wilhelm min bäste herre, vad har jag sagt till dig? Du får inte ge dig iväg på egen hand sådär. Tänk om du kört omkull eller kanske cyklat vilse på någon skogsväg. Det hade kunnat gått riktigt illa."

Wilhelm kände sig inte bekväm med att bli förmanad, men förstod samtidig att det var i största välmening. Jens såg medlidsamt på honom, fast Wilhelm kunde ana en liten retsam ryckning i ena ögat.

"Förlåt Ulla, men jag kände mig ovanligt pigg och klar så jag trodde inte det skulle vara någon fara. Men det ska inte hända igen. Jag lovar."

"Lova inte för mycket du" sa Ulla och gav honom en klapp på kinden." Ät nu så du orkar med den här dagen. Det ska bli föreläsning i samlingssalen senare på eftermiddagen."

Föreläsningen handlade om olika nomadfolk runt om i värden. Det var visserligen intressant, men Wilhelm hade tankarna på annat håll så han hade svårt att koncentrera sig.

Sent på kvällen samlades de tre vännerna som vanlig över ett glas vin. Marie-Louise var till en början lite tystlåten och gubbarna misstänkte att hon kanske var på väg in i förvirring, men efter en stund började hon prata.

"Jag har ringt en del samtal och inom kort kommer både domen och förundersökningen att bli skickade till mig. Då har vi lite material att börja med."

Jens såg förvånad ut.

”Men hur lyckades du med det? Det är väl hemliga uppgifter?”

”Nej inte alls. Det är offentligt nu när domen är avkunnad och vem som helst kan ta del av det. Det är bara ett bekymmer.

Det finns en del som är sekretessbelagt och det får de inte lämna ut. Det är förmodligen de uppgifterna som vi skulle ha mest nytta av.”

Wilhelm nickade. Han kände väl till offentlighetsprincipen och vilka regler som gällde.

”Finns det någon som helst möjlighet att få ut det som är sekretessbelagt?” Frågade Jens.

Wilhelm och Marie-Louise såg på varandra innan Wilhelm svarade.

”Nej, inte på lagligt vis. Det förvaras i en väl skyddad databas som bara vissa behöriga har tillgång till.”

”Så det är kört alltså?”

”Nej, varför då? Finns inte här någon som skrutit över sina färdigheter och sagt att han kan ta sig in i vilken databas som helst?”

Jens fick ett bekymrat ansiktsuttryck som snabbt övergick i ett stort leende. Det var alltså nu han skulle få visa vad han gick för.

”Så ni tycker att jag ska bryta mot lagen?”

”Absolut” sa Wilhelm. Marie-Louise nickade medhållande.

Morgonen därpå satt Jens som klistrad vid sin dator. Han hade
legat vaken halva natten och tänkt ut hur han skulle gå till
väga. Att bara hacka sig in i en databas skulle vara enkelt, men
då skulle han röja IP-adressen och det skulle snart vimla av
poliser inne på Lyckelängan. Nog för att han själv skulle kunna
undgå påföljd, men personalen skulle bli misstänkliggjord och
det ville han inte utsätta dem för. Nej, här gällde det att vara
smart och inte göra allt för stort väsen av sig. Tankarna drogs
till mitten av nittiotalet då han undervisat på universitetet och
några av hans elever hade tagit sig in i folkbokföringsregistret.
Där hade de ändrat uppgifter på några högt uppsatta personer
som de inte var så förtjusta i. Det hade blivit ett väldigt
rabalder och kommenterats i olika nyhetsprogram på tv. Vilka
de skyldiga var och varifrån intrånget skett blev aldrig
uppklarat. Det var först många år senare som han fick
kännedom om hur det hade gått till. En före detta elev som fått
frågan om han var villig att ersätta Jens då han skulle gå i
pension, hade anförtrott sig och berättat hur de gått till väga.
De hade lyckats skapa en fejkad IP-adress som inte existerade
och genom att länka mellan olika servrar hade det blivit
omöjligt att spåra källan. Det här kryphålet skulle naturligtvis
ha täppts till om det inte varit för att annat kommit emellan
och det hela glömdes bort.

Efter att ha suttit vid datorn hela dagen, kallade Jens till sig
Wilhelm och Marie-Louise senare på kvällen.

"Här ska ni få se något intressant" sa han och såg ut som ett
lyckligt barn.

Över datorskärmen rullades det upp mappar med alla de
utredningar som polisen sparat. Wilhelm stirrade intensivt på
skärmen och bad Jens att flytta på sig. Marie-Louise satte sig
bredvid.

Under en lång stund och i fullständig tystnad studerade de
innehållet. Jens vankade fram och tillbaka och började tycka
att det blev en aning långtråkigt.

"Vad är det ni letar efter?"

Ingen av dem svarade. De satt djupt koncentrerade och läste.

"Här!" Wilhelm skrek till så att de övriga hoppade högt. "Här är den sekretessbelagda filen."

Marie-Louise läste noggrant. Det som stod där gjorde henne både ledsen och arg. Där fanns uppgifter, som om de framkommit under rättegången kanske skulle kunnat lett till en annan utgång. Det var vittnesuppgifter om att någon sett en främmande bil vid tillfället. Även DNA-spår som inte kommit från Anders men som det inte blivit någon träff på i registersökningen. Hon suckade och såg allvarligt på Wilhelm.

"Skyldig bortom allt rimligt tvivel. Jo pyttsan. Den formuleringen kan de stoppa upp där svansen slutar."

Det fanns mycket annat intressant också att läsa och allt laddades ner på ett USB innan Jens stängde ner och städade bort alla spår av deras intrång.

"Är du säker på att det inte kan spåras hit?" Frågade Wilhelm.

"Ja, ganska. I annat fall skyller jag bara på dig, du som redan är bekant med poliserna. Och när du blir förhörd kan du ju bara sitta och se dum ut och låtsas att du är i en helt annan värld."

"Ja, eller också behöver jag inte låtsas."

***

Wilhelms rum blev basen för deras uppdrag. Sakta växte högarna med utskrivna A4 ark innehållande bilder och intressanta uppgifter. Jens lade upp en avancerad databas där han samlade sådant som de övriga tyckte var viktigt. Marie-Louise och Wilhelm satt mest och läste materialet dagarna i ända. Jens höll ordning och såg till så att inga tokigheter inträffade vid de tillfällen som glömska och förvirring uppstod.

Det blev snart allmänt känt vad de tre höll på med och folk utifrån började engagera sig och komma med tips och iakttagelser. Dalias och Anders föräldrar som aldrig någonsin tvivlat på Anders oskuld, blev djupt involverade i utredningen och kunde bidra med mycket värdefull information.

Hasse Wretman, den rika och odrägliga åkeriägaren hade legat på sjukhus en tid och var nu tillbaka dummare än någonsin. Han gjorde några tappra försök att ta sig in i vänkretsen igen, men lyckades inte särskilt väl. Han försökte närma sig Marie-Louise vid några tillfällen när hon var ensam. Men han var ute i ogjort väder. När han slutligen insett att hans uppvaktning inte ledde någon vart, blev han irriterad och om möjligt än mer odräglig.

En sen kväll smög han försiktigt in till Marie-Louises rum. Han hade hållit uppsikt under en längre tid och visste att hon just då var förvirrad och förmodligen inte skulle komma ihåg om han gjorde något med henne. Han hade tagit med sig en handduk och en burk vaselin och preparerat sig ordentligt med en rejäl dos Viagra.

Marie-Louise sov djupt och vaknade inte när han drog av henne täcket. I sin iver att få av sig pyjamasbyxorna, lyckades han trassla in sina fötter och tappade balansen. Med ett brak föll han i golvet och Marie-Louise vaknade av oväsendet. När hon fick se att det låg någon på golvet, började hon skrika det värsta hon kunde. Wilhelms rum låg ganska nära hennes och han hade ännu inte somnat. När han hörde skriket, skyndade han sig ut i korridoren och till hennes rum. Han ryckte upp dörren och såg då Hasse Wretman ligga på golvet med fötterna insnärjda i sina pyjamasbyxor och med ett kraftigt stånd. Wilhelm tittade till på Marie-Louise och såg att hon förmodligen inte kommit till skada. Han tog tag i Hasse och lyfte upp honom varefter han vred hans arm bakom ryggen på ett sätt som orsakade en fruktansvärd smärta. Greppet hade han lärt sig under Stasitiden och det var mycket användbart när man ville göra någon riktigt illa utan att det syntes efteråt. Hasse Wretman skrek som en besatt och bad honom sluta. Wilhelm släppte sitt grepp och hjälpte honom få på sig pyjamasbyxorna.

"Nu din idiot ska du göra precis som jag säger. När personalen kommer ska du spela bortkommen och skylla på att du inte vet var du är."

Hasse nickade och kunde inte begripa varför Wilhelm ville skydda honom.

Strax kom personal inrusande och undrade vad som hänt. Wilhelm lugnade dem och förklarade att Hasse förmodligen tagit fel rum. Det var lite långsökt då hans rum låg på nedervåningen, men personalen verkade köpa förklaringen och hjälpte Hasse tillbaka. Wilhelm plockade upp handduken och vaselinburken och kunde samtidigt konstatera att Marie-Louise somnat igen. Wilhelm gick in till Jens, väckte honom och berättade vad som hänt. De satt länge och diskuterade hur de skulle agera och kom fram till att allt berodde på om Marie-Louise skulle komma ihåg något.

Vid frukosten nästa morgon var hon som vanligt igen och visade inga tecken på att komma ihåg något från kvällen innan. Hasse Wretman satt vid ett bord längre bort och såg skamsen ut.

Efter frukosten och en kort promenad begav sig de tre till Wilhelms rum för att fortsätta sitt arbete. Wilhelm tog på sig sina läsglasögon och såg allvarlig ut.

"Nu har vi väl plöjt igenom det mesta av vårt material åtskilliga gånger. Det börjar bli dags för nästa fas som blir av mer operativ karaktär. Men vi måste skaffa utrustning. Kameror, GPS, avlyssningsutrustning. Ja, det är en himla massa saker vi behöver om vi ska kunna jobba effektivt. Dessutom behöver vi ha tillgång till fordon och en chaufför. Jag tror knappast att Lyckelängan vill bistå med de resurserna."

"Det kommer att kosta en hel del förmodar jag" sa Marie-Louise och såg uppgiven ut. Wilhelm såg inte lika uppgiven ut.

"Det kommer det att göra. Men det är lugnt. Jag har skaffat en finansiär."

Kapitel 9

Hasse Wretman hade inget annat val än att betala alla räkningar som Wilhelm kom med. Det är klart att det sved, men att avsluta sin tid här på jorden anklagad för att ha försökt förgripa sig på en kvinna var inget som lockade. Att han hade dåligt rykte sedan tidigare och själv inte stuckit under stol med att han varit en burdus och fräck jävel skulle kanske gjort saken lite lättare. Men nu kände han att livet var på väg bort från honom och samvetet började göra sig allt mer påmint. Han ångrade djupt sitt agerande men ursäktade sig med att det förmodligen var sjukdomen som var orsaken. Marie-Louise tyckte det var underligt att Hasse ändrat karaktär och blivit både snäll och generös. Hon tog upp frågan med Jens och Wilhelm vid flera tillfällen, men de svarade undvikande och menade på att det är sådant som kan hända när hjärnan påverkas av sjukdom.

Det började kännas som om utredningen hamnat i en återvändsgränd. Fortfarande fanns många frågetecken och all utrustning de införskaffat låg ännu oanvänd. Både Wilhelm och Marie-Louise fick sina skov ungefär som tidigare, men de hade inte ökat varken i antal eller intensitet. Däremot hade de nu underlig nog blivit mer synkade och det hände allt oftare att de båda samtidigt var frånvarande. För Jens del var det ganska praktiskt då han fick lite mer egen tid och kunde fokusera på arbetet med sin egenkonstruerade databas, som nu blivit allt mer omfattande.

Efter den senaste röntgen konstaterades att tumörens väg mot den främre insulära loben. Visserligen hade den inte avstannat, men i alla fall inte ökat i hastighet. Det kändes skönt och Jens visste att han ännu hade lite tid kvar och förhoppningsvis skulle få chansen att uppleva resultatet av allt arbete de lagt ner.

Databasen han konstruerat var uppbyggd av olika algoritmer som samverkade. En av dem hade Jens skapat själv och det var den som var själva hjärtat i sammanhanget. Den hade kommit till då han var lärare på universitetet. Den ursprungliga funktionen hade varit att sammanställa de olika studenternas kunskaper för att sätta relevanta betyg. Kollegor och överordnade hade varit skeptiska och uppmanat honom att lägga ner och i stället använda traditionella metoder. Men Jens hade insett hur effektiv hans metod varit, så han fortsatte att använda och utveckla den i hemlighet. Det var inte utan att han nu var mäkta stolt över dess funktion. Databasen han nu jobbade med, skulle kunna ha en avgörande betydelse om bara tillräcklig mängd fakta blev registrerad. Både Wilhelm och Marie-Louise var helt med på Jens resonemang. De hade båda i sina tidigare yrken insett värdet av vad datorer kunde åstadkomma.

***

Victor ringde då och då men var oerhört upptagen med sitt företag. Han hade investerat och stod mitt uppe i en omfattande ombyggnad. Wilhelm tyckte det var tråkig att han inte hade tid att hälsa på, men förstod hans situation.

Då utredningen hade hamnat lite i stiltje, gick dagarna långsamt och det hände inte så mycket runt omkring. Det hade kommit några nya praktikanter från vårdlinjen, men ingen av dem hade gjort något större väsen av sig.

Wilhelm hade tänkt mycket på hur de skulle komma vidare och vad nästa steg skulle bli. Han kände pressen från Jens och Marie-Louise. Inte för att de uttalat krävt något, utan mer för att han visste att det nu var på honom det hängde. De hade sammanställt ett omfattande material från polisutredningen och rättegången. Allt som kunde vara av intresse hade matats in i Jens databas. Men fortfarande återstod mycket för att kunna peka ut en riktning som kunde leda dem vidare.

Allt arbete hade hittills varit rent administrativt. Nu var det
nödvändigt att fortsätta på ett mer fysiskt plan. De hade
fortfarande inte varit på brottsplatsen och de hade inte fått
tillgång till det slaskmaterial som alltid samlades efter en
polisutredning av den här digniteten. Marie-Louise hade varit i
kontakt med polisen flera gånger. De hade varit ovilliga att
lämna ut något och sagt att det materialet var så noggrant
genomgånget att det inte fanns något ytterligare att hämta. Då
inte tjat och vädjan hjälpte, måste det till andra åtgärder.
Wilhelm hade vridit och vänt på frågan och hade till slut
kommit fram till att det nog var nödvändigt att försöka komma
åt denna information på ett sätt som kanske inte var helt i sin
ordning. Han tog upp frågan med Jens och Marie-Louise och
de var efter lite övertalning med på noterna.

Att försöka stjäla något från polisstationen var inte gjort i en
handvändning och det krävdes en noggrann planering. Det var
som om det tillkommit ny näring och alla blev genast lite mer
taggade. Det blev många intressanta diskussioner där de tre
bollade idéer mellan sig.

Till slut var planen färdig att sättas i verket. Ulla och Tore
informerades och var först skeptiska till om det verkligen var
en så bra idé. Men efter en viss övertalning blev det i alla fall
bestämt att polisstationen skulle kontaktas och tillfrågas om de
var villiga att ta emot ett studiebesök från Lyckelängan. Efter
löfte om att ha nybakt från Henning med sig, föll polismästaren
till föga och det bestämdes ett datum för besöket.

En dryg vecka senare stod en brokig skara gamlingar och
några ur personalen utanför polisstationen. Wilhelm och
Marie-Louise hade hoppats att de skulle vara rediga vid
besökstillfället och de verkade ha turen med sig. Då deras
cykler numer var ganska synkroniserade, var det lättare att
planera än det varit i början.

Polismästaren tog villigt emot påsen med nybakta kanelbullar
och bjöd in till visning. Han bad receptionisten att sätta på

kaffe och började berätta om polisens arbete, om lokalen och vilka som jobbade där.

”Är det är något ni undrar så är det bara att fråga” sa polismästaren utan att förvänta sig någon reaktion. Marie-Louise viftade med handen.

”Var gör ni av allt material som blir efter en utredning?”

Polismästaren suckade. Han var fikasugen och inte särskilt intresserad av att svara på frågor från några förvirrade individer som förmodligen skulle glömma allt han sagt efter fem minuter.

”Det finns i arkivet här borta.” Han pekade mot en dörr som såg ut att leda till en städskrubb.

”Får vi titta in?” frågade Marie-Louise.

”Nja, där finns nog inte så mycket av intresse” sa polismästaren. Men han gick i alla fall fram och gläntade lite på dörren som till Wilhelms stora glädje var olåst. Nu var det bara att sätta planen i verket och hoppas på det bästa.

Förutom Wilhelm, Jens och Marie-Louise, var det några få andra som var noga utvalda och övertalade att medverka i aktionen. Vårdpersonalen var ovetande. Det hade varit ett absolut krav från Ulla och Tore.

Kaffet dukades fram i personalrummet och de nybakta bullarna doftade underbart efter lite uppvärmning i mikron. Det plingade gemytligt i kaffekopparna och sörplades under tystnad, tills en av gamlingarna högljutt deklarerade att han måste pinka. En av poliserna pekade mot korridoren och förklarade var toaletten låg.

”Vill du att jag ska följa med dig?” frågade ett vårdbiträde.

”Nej, jag klarar mig själv” sa den gamle och stapplade iväg.

Plötsligt hördes ett skvalande från pentryt. Receptionisten gick för att se vad det var och kom genast tillbaka alldeles röd i ansiktet.

"Han har pinkat på golvet i köket."

Vårdpersonalen rusade upp från fikabordet tätt följd av poliserna och övriga besökare.

"Men herregud Harald! Vad har du gjort?"

Mannen såg skamsen ut.

"Men han pekade ju på att toaletten låg här."

"Jag måste också pissa" sa näste man och började knäppa upp sina byxor.

Snart var flera besökare plötsligt i väldigt stort behov av att lätta på trycket både fram och bak. I det kaos som uppstod, smög Wilhelm bort till arkivet och lyckades obemärkt ta sig in. Det var inte svårt att leta fram den eftertraktade lådan. Han öppnade och tömde allt innehåll i en plastkasse. Wilhelm gläntade på dörren och när han såg att uppmärksamheten var åt ett annat håll, smög han ut och hängde kassen under sin jacka i tamburen, varefter han sällade sig till de övriga.

Till slut blev det ordning i leden och när alla fått gjort sina toalettbesök och personalen torkat upp i köket, kunde äntligen fikastunden avslutas. Polismästaren pustade ut av lättnad när studiebesöket var avslutat och dörren hade stängts efter den siste.

"Aldrig mer" tänkte han och bad tyst till högre makter att han själv aldrig skulle behöva hamna i ett sådant tillstånd.

***

Det hade gått över förväntan. För personalens vidkommande hade det varit en katastrof och de klagade vitt och brett för Ulla om hur de boende misskött sig. Ulla hade nog anat att besöket skulle innebära en del problem, men när hon noterat Wilhelms belåtna ansiktsuttryck, förstod hon att uppdraget hade genomförts med ett lyckat resultat.

Slasken från utredningen hade som väntat inte innehållit något sensationellt material. Men där fanns en del saker som kunde vara nog så viktiga för det fortsatta arbetet. Både Wilhelm och Marie-Louise visste hur viktiga även ovidkommande uppgifter kunde vara för att lägga det avancerade pussel som skulle kunna bringa klarhet i fallet. Där fanns till exempel en uppgift på en bil som hade iakttagits den aktuella dagen. Det fanns naturligtvis inget registreringsnummer men en notering om att den var svart och av en sådan modell som inte var alldeles vanlig. Inte mycket att gå på i en polisutredning, men en liten och viktig pusselbit i databasen. Det fanns också uppgifter på att det hittats DNA från en tredje person på platsen för brottet, men att det inte blivit någon träff i registret. Polisen hade dragit slutsatsen av att det förmodligen var från ägaren till ladan, som vid tillfället befunnit sig på semesterresa utomlands. Det och mycket annan matade Jens in i sin databas.

Nu ansåg de sig klara med arbetet att samla in det fakta som fanns dokumenterat. Allt var noga genomgånget, sorterat och inmatat. Nu återstod det svåra men kanske mest intressanta arbetet. Att bedriva spaning och personundersökning.

Kapitel 10

Ett brottsplatsbesök var nära förestående. Inte för att det fanns så stora förhoppningar om att hitta något av värde, men det skulle i alla fall bidra till att man fick en klarare bild över händelseförloppet. Wilhelm hade medverkat vid många brottsplatsundersökningar i egenskap av utredare. Även i sin ungdom hade han i DDR fått närvara vid flera tillfällen. Stasi var visserligen inriktade på brott av politisk karaktär och spioneri, men blev inte sällan inkallade vid komplicerade mordfall. Utbildningen var omfattande och täckte ett brett spektrum av olika typer av brott. Med sin digra erfarenhet kände Wilhelm att han nog skulle kunna göra en del intressanta iakttagelser trots att platsen blivit så noggrant genomgången. Hur man än ansträngde sig, fanns det alltid någon liten detalj som förbisetts.

Man bestämde tid för besöket och kollade den utrustning som skulle med. Allt provades så att det skulle fungera. En lampa som indikerade biologiska spår, samt en kamera som kunde ta högupplösta bilder var viktig utrustning. Planen var att dokumentera brottsplatsen med foton och försöka återskapa händelseförloppet med befintligt material från utredningen och sedan bygga på med egna iakttagelser.

Ulla var inte helt med på noterna. Efter att ha diskuterat saken med Tore som i egenskap av läkare inte hade något att invända, gav hon med sig och ordnade med transport och matsäck. Bonden som ägde ladan kontaktades och gav sitt tillstånd till att de skulle få rota runt bäst de ville.

***

Känslan av spänning tilltog ju närmare brottsplatsen de kom. För Wilhelm kändes det inte så ovant, men Jens och Marie-Louise var exalterade över uppdraget. Det var som om arbetet nu tog en annan riktning. Visst hade det varit intressant att samla och sammanställa fakta från all dokumentation, men nu skulle arbetet bli mer spännande. Wilhelm försökte dämpa deras entusiasm.

"Nu ska ni inte ha allt för stora förhoppningar. Det mest troliga är att vi inte hittar något som kan leda framåt, men minsta lilla detalj kan vara nog så viktig även om det kan tyckas oväsentligt."

"Vi litar på dig Wilhelm. Nu får du visa vad du går för."

Jens tryckte till honom i sidan lätt med armbågen och log lite snett.

När de var ett kort stycke från ladan, bad Wilhelm att de skulle bli avsläppta.

"Vi vet att Dalia kom cyklande den här vägen så det är lika bra att vi börjar från början."

 Jens hade utrustningen i en ryggsäck och Wilhelm tog matsäcken.

Det var som om Wilhelm nu kom in i ett nytt tillstånd. Han blev allvarlig och koncentrerad på ett sätt som de övriga inte hade noterat förut. Han kände det själv och på något konstigt vis var det som om han flyttades tillbaka i tiden. Han kände sig yngre och mer levande än han gjort på många år.

De gick långsamt fram längs grusvägen och Wilhelm var djupt insjunken i sina egna tankar.

"Här kom hon alltså åkande efter att Anders lämnat henne vid grillen. Hon var säkert glad och upprymd efter deras kväll vid sjön. Lite smått berusad också, vilket obduktionen visat."

"Pratar du med oss eller för dig själv?" frågade Marie-Louise.

"Det är lättare att säga det man tänker och bilden man får till sig blir klarare. Så man kan väl säga att jag pratar både med er och med mig själv."

De andra nickade förstående. När de kommit fram till ladan
stannade Wilhelm till.

"Här någonstans måste det vara som hon körde omkull."

Han kände med foten i det gruset.

"Hur vet vi att hon körde omkull? frågade Marie-Louise. "Hon
kanske bara stannade till för att någon annan stoppade
henne."

Wilhelm nickade. "Så kan det absolut vara, men
obduktionsprotokollet visade att hon hade skrapsår med grus i
på både händer, knän och i pannan. Dessutom fanns det
skador på cykeln som ännu inte börjat rosta och det pekar på
att hon faktiskt körde omkull."

Marie-Louise tyckte det lät som ett rimligt scenario, men hon
ville inte ha några lösa trådar.

"Hon kan också ha blivit nedslagen av någon som stod längs
vägen så att hon for omkull."

Wilhelm nickade eftertänksamt och försökte se händelsen för
sitt inre.

"Mycket möjligt, men vem skulle göra något sådant även om
han hade onda avsikter? Jag tycker nog att det verkar lite
långsökt. Det hade bara varit att stoppa henne så hade hon
säkert stannat självmant, som du nämnde förut."

Jens hade inte sagt något på länge då han varit upptagen med
att fotografera. Nu hade han dokumenterat det mesta som
fanns från vägen och in till ladudörren.

"Hur kan ni vara så säkra på att det är en man? Finns det inte
någon möjlighet att det är en kvinna? Bara så vi inte låser fast
oss och hamnar helt fel."

Wilhelm och Marie-Louise såg på varandra och höjde
ögonbrynen.

"Visst finns det en liten möjlighet att det skulle kunna vara en kvinna, men den sannolikheten är så oerhört liten att vi nog kan bortse från den."

Jens lät sig nöjas med svaret och tog ytterligare några bilder innan de gick fram till ladan.

Det knarrade i den stora dörren när den öppnades. Där inne var det skumt och det tog en stund innan ögonen hunnit vänja sig vid det svaga ljus som tittade in genom springorna. Jens plockade fram varsin ficklampa ur ryggsäcken.

"Var ska vi börja?"

Wilhelm stod stilla och såg sig om. Stämningen var kuslig och det var nästan som om håret reste sig på armarna. Marie-Louise kände en rysning och huttrade till.

"Det var alltså här det hände. Stackars flicka, så lycklig och duktig och med hela livet framför sig. Jag blir förtvivlad när jag tänker på det."

Wilhelm kände likadant, men att bli för känslomässigt engagerad var inte särskilt bra. Det hade han lärt sig tidigt i karriären.

"Det är för jävlig, men vi får inte tänka så. Även om det är svårt, måste vi fokusera på vårt uppdrag och lämna känslorna utanför. Känna får vi göra när vi är färdiga.

"Ja, om vi någonsin blir färdiga?" Jens såg uppgiven ut. "Hur noggrant har inte polisen gått igenom den här ladan? Vad pekar på att vi kommer att hitta något som de missat?"

"Vänta och se. Du kanske kommer att bli förvånad. Förresten så kan du börja med att fotografera varje kvadratmeter av ladan. När vi kommer tillbaka ska vi sätta ihop alla bilder till en helhetsvy som vi sedan ritar in hela det kända händelseförloppet i. Sedan lägger vi till våra egna upptäckter och antaganden. Då har vi en tydlig bild framför oss som vi kan spekulera runt."

Jens började fota. Han hade redan börjat fundera på hur han skulle bygga upp en tredimensionell bild på datorn av hela ladan. Wilhelm lyste på Marie-Louise med sin ficklampa.

"Hur känns det? Klarar du av det här?"

"Så klart jag gör. Jag känner mig bara lite sorgsen men du har rätt, det får inte påverka. Nu sätter vi igång. Du får ta befälet."

"Okej, vi börjar från början. Vi vet att Dalia kom cyklande på vägen här utanför. Sedan hände något som fick henne att komma in i ladan och det var förmodligen inte frivilligt. Då får vi anta att någon släpade eller bar henne in hit. Var lade han ner henne?"

De gick tillbaka till dörren och lyste in i ladan.

"Förmodligen inte så långt. Var hon medvetslös så var hon nog ganska tung att släpa på och var hon inte det så lär hon väl ha sprattlat och sparkat ordentligt. Hon var ju faktiskt ganska vältränad. Fast hon kan ju också ha gått in frivilligt?"

Wilhelm tänkte så det knakade. Vad hade det stått i rapporten? Vad man funnit för spår mellan vägen och ladan, förutom att där var fullt med brännässlor?

"Du Marie-Louise, kommer du ihåg om det stod något om fotspår? Inte hade man väl hittat några fotspår av henne här utanför? I alla fall så minns jag att man säkrat fotspår. Jag såg bilderna men det var bara större spår. Hon hade ju ganska små fötter"

"Nej, det tror jag inte. Men inne i ladan var det gott om fotspår. Både efter henne och andra. De flesta var nog efter bonden som ofta är här och hämtar foder. Men det fanns även andra spår som dokumenterades."

"Men inga efter Anders va?"

"Nej, men samma storlek ungefär. Man antog att han gjort sig av med de skor och kläder han hade på sig vid det tillfället. Det var sperman som fällde avgörandet och då lade man inte så stort fokus på annat.”

”Ja, då kan vi i alla fall dra slutsatsen att Dalia inte gick in själv. Någon bar henne och lade förmodligen ner henne ungefär där vi står nu.”

De lyste ner på golvet med sina ficklampor. Wilhelm skrapade med foten i dammet och försökte minnas de bilder han sett från utredningen.

”Ja, det var nog också vad som kommit fram. Här låg hon avsvimmad. Någon hade burit in henne och lagt henne här. Om avsikten varit att förgripa sig på henne, borde det ha skett just här.”

”Det är det som gör mig så upprörd” sa Marie-Louise. ”Åklagaren hävdade att Anders hade våldtagit henne inne i ladan och sedan bragt henne om livet när hon sagt att hon skulle anmäla honom. Hon kanske inte berättade för dig, men till mig antydde hon att de haft sex. Inte ordagrant kanske, men det var lätt att läsa det mellan raderna. Varför i hela friden skulle han då våldta henne?”

Jens var fullt fokuserad på fotografering. Han hade gett sig den på att inte missa någon detalj. Wilhelm och Marie-Louise sökte av golvytan med ljusanalysator och för varje meter stannade de till och diskuterade vad som var ett rimligt händelseförlopp.

Efter en välbehövlig paus med lunch och kaffe i höstsolen, fortsatte de enträget sitt arbete.

Under balken där man funnit Dalia hängd, var trägolvet fortfarande mörkt av torkat blod. De mindes alla de hemska bilderna som funnits i det sekretessbelagda materialet. Jens som inte var van att se sådant, hade nästan svimmat. För Wilhelm och Marie-Louise hade det varit vardagsmat efter alla utredningar och rättegångar de medverkat i. Trots detta hade de känt sig mycket illa till mods. Nu stod de där det hela hade skett och känslorna som kom var översvallande. Marie-Louise började gråta och Jens var inte sen att följa efter. Wilhelm kände också att det skulle vara skönt att få släppa ut sina känslor, men hans professionalism hindrade honom. Han tog några steg tillbaka och såg för sin inre syn hur Dalia hängde där naken och utlämnad med blodet rinnande nedför kroppen. Gärningsmannen hade inte lämnat minsta spår efter sig. Om det varit ett lustmord skulle det rimligen funnits spår av sädesvätska någonstans, men det kunde ju även vara så att han varit oförmögen att få utlösning.

Wilhelm tog ytterligare några steg tillbaka och fick en märklig känsla av att det var just där gärningsmannen hade stått och betraktat sitt offer innan han försvann ut. Han sökte av området utan någon större förhoppning att hitta något. Hans intresse drog sig till en balk som stöttade upp taket. När han lyste på balken fann han ganska omgående och till sin förvåning ett hårstrå som fastnat i en liten glipa ungefär i samma höjd som hans eget huvud. Det var bara en slump att han fick se det och inte alls konstigt att ingen annan sett det. Han tog en pincett och stoppade försiktigt ner hårstråt i en plastpåse. Förmodligen var det bondens, men det kunde lika gärna vara någon annans.

Arbetet fortsatte på samma vis och lika noggrant tills varje tum av ladan var genomgången, dokumenterad och undersökt. Det fanns ytterligare fynd förutom hårstråt som var anledning att närmare ta sig en titt på.

När transporten från Lyckelängan tutade utanför ladan, kände alla att de nog gjort vad de kunnat och var ganska nöjda med dagens värv. Nu återstod det mödosamma arbetet med att sätta samman alla de iakttagelser som brottsplatsbesöket hade resulterat i.

Kapitel 11

Vintern närmade sig i allt snabbare takt. Under gråmulna höstdagar hade de suttit som fastväxta i Wilhelms rum, som alltmer börjat likna en rörig arbetsplats. De hade sorterat, analyserat och ritat upp hela händelseförloppet så som de uppfattat det. Jens hade matat in minsta detalj i databasen och konstruerat en tredimensionell bild av hela ladan. DNA-testet på det upphittade hårstråt visade sig komma från en okänd man och det matchade varken med polisens register eller med bonden som ägde ladan.

Tillståndet för Hasse Wretman hade hastigt försämrats. Wilhelm anade att det snart skulle bära av till förvaringen och hade försökt förmå honom att ta ut en summa pengar till utredningen, men han var för sent ute. Hasse Wretman var inte längre kontaktbar och yrade bara om sina lastbilar hela tiden. Han var övertygad om att han fortfarande var fullt aktiv som åkeriägare och satt för det mesta och pratade i sin mobiltelefon om olika körningar. Det var tydligen helt slumpmässiga telefonnummer han ringde upp och det dröjde inte länge innan man var tvungen att stänga hans abonnemang. Hasse fortsatte att prata i telefonen trots att ingen fanns i andra änden av linjen. Till slut blev han så dålig att han fick stängas in på sitt rum, fullproppad med mediciner. Det var inte många som sörjde när han senare fick och läggas in i slutförvaringen.

Det var inte bara arbete. Då och då tog de paus och ägnade sig åt annat. Det behövdes för att rensa hjärnorna och få lite annat att tänka på. Rutinen att träffas på kvällarna och samtala om ditt och datt hade de aldrig ruckat på. Men de hade också insett att det behövdes mer vid sidan av utredningen. Visserligen var arbetet intressant, men det behövdes också tid att göra något roligt. Alla var medvetna om att tiden rann iväg och att det kanske skulle ta slut fortare än de anat. De såg ju hur det hade gått för Magda och Hasse och snart skulle även deras resa sluta på samma sätt. Det var ingen upplyftande tanke, men en realitet som inte gick att bortse ifrån. De försökte att undvika ämnet, men ibland kom det ändå på tal. Jens var i en lite annan situation än Marie-Louise och Wilhelm. Hans hjärntumör skulle så småningom krocka med den insulära loben och förändra hans personlighet på ett mycket drastiskt sätt. Marie-Louise och Wilhelm som hade Alzheimers, skulle sakta falla in i förvirring och glömska medan Jens fortfarande skulle vara skärpt men med en förändrad personlighet. Han skulle kunna bli elak och odräglig, men det skulle också kunna gå åt andra hållet. Ovissheten var något som bekymrade honom mycket och vid en av deras kvällsträffarna ville han prata om det.

"Vi har ju kommit ganska nära varandra och det känns väldigt bra. Men vi vet ju att det inte kommer att vara för evigt. Jag skulle önska att vi redan nu kan komma överens om hur vi ska förhålla oss när saker och ting förändras."

Varken Wilhelm eller Marie-Louise var särskilt sugna på att prata om det, men visste att frågan låg och gnagde hos honom. Wilhelm drog handen genom håret och såg bekymrad ut.

"Ja, jag vet inte vad jag ska säga. Det är ju inget vi kan påverka och som jag ser det, vore det bästa att kanske bara acceptera ödet och ta det som det kommer. Om du Jens kommer att förvandlas till en elak person, vet vi ju vad det beror på och vi kommer förmodligen bara att tycka att det är hemskt och tråkigt. Men det kan ju också bli så att du blir en ännu trevligare person än du är nu och då blir det ju bara positivt."

Marie-Louise nickade medhållande.

"Ja, så är det. Men oavsett kommer du alltid att finnas kvar i vårt minne så som du är just nu.

Jens hade svårt att hålla tårarna tillbaka. Han som alltid höll humöret uppe och sällan visade några större känsloyttringar. Marie-Louise fortsatte.

"Wilhelm och jag har ungefär samma diagnos och symtom och jag önskar att vi kommer att vandra in i dimman ungefär samtidigt. Då ska du Jens bara glädjas över att det blev så och i annat fall blir ju två kvar som får stötta varandra så gott det går. Vem vet, kanske vi åter får mötas på andra sidan? Inte för att jag är religiös på något vis, men man vet ju aldrig?"

Jens som varit ateist i hela sitt liv, hade inga större förhoppningar att det skulle finnas ett liv efter detta. Visst hade han funderat ibland och kanske mer efter att han fått sin diagnos.

"Du Wilhelm är väl lite halvreligiös? Vad tror du kommer att hända när vi dör?"

"Jag är väl inte religiös heller. Men vet ni, när min hustru dog så hände något märkligt. Jag har aldrig berättat om det för någon. Inte ens för Victor, men något hände som jag inte kan förklara."

Både Jens och Marie-Louise rycktes bort från sina egna tankar och riktade all sin uppmärksamhet mot Wilhelm.

"Vadå! Berätta."

"Jo, jag satt bredvid henne på sjukhuset och var ganska säker på att det var dags. Hon andades djupt och rossligt och hade långa andningsuppehåll. Jag förstod att det var väldigt nära. Plötsligt blev andningen lättare och hon tittade upp och började prata. Hon hade inte sagt ett ord på flera dagar och nu var det som om hon var helt frisk. Blicken var klar och hon log mot mig."

"Var inte Victor med?"

"Nej, han var på väg men han åkte från Norrland så det skulle dröja innan han kom."

"Ja men fortsätt, vad hände?"

"Jo, hon började prata med mig med en skärpa precis som hon gjort innan hon blev sjuk. Hon berättade att hon hade svävat ovanför sängen och sett ner på mig uppifrån. Ja, det är väl sådant som händer i hjärnan tänkte jag, men det sa jag inte. Hon verkade förstå vad jag tänkte och fortsatte."

"Wilhelm min käresta. Jag vet att du inte tror mig men om du tittat ovanpå klädskåpet så ska du se att där ligger en hatt långt in mot väggen. En mörkgrön filthatt som någon kastat upp där för länge sedan."

"Jag trodde förstås att hon svamlade fast det lät väldigt trovärdigt."

"Kollade du då?" frågade Marie-Louise.

"Vänta lite, jag kommer dit. Hon verkade väldig glad och nöjd och smärtan var som bortblåst. Det var fantastiskt att se. Jag hade förväntat mig ett hemskt avslut med ångest och plågor, men nu låg hon där och såg lycklig ut. Hon kramade min hand med ett leende på läpparna. Det sista hon sa innan hon dog var "Vi ses igen, det vet jag" sedan somnade hon stilla in."

Jens och Marie-Louise satt och knep ihop och försökte hålla tårarna tillbaka, men det var lättare sagt än gjort. Wilhelm kände sig lite dum, det hade inte varit meningen att göra dem ledsna.

"Nej hörni, det skulle ju vara något positivt det jag berättade och inte något som skulle göra er ledsna."

Marie-Louise torkade tårarna och snöt sig.

"Vi gråter inte för att vi är ledsna. Det var bara sättet du berättade på. Och sedan den där lilla tyska accenten som satte ännu mer färg på berättelsen."

Jens snöt sig också.

"Hur var det nu med hatten, du kollade väl?"

"Ja, det är klart. Inte på en gång men när de hade kört ut henne, bad jag en ur personalen att se efter. Det var ju ganska högt så man var tvungen att stå på en pall för att nå upp."

Jens började bli otålig.

"Nå, ska du komma till saken någon gång?"

Wilhelm såg på Jens och flinade. Ett tag tänkte han säga något som skulle göra dem frustrerade, men han ångrade sig och berättade sanningen.

"Hatten låg där. En mörkgrön filthatt precis som Sofia sagt."

Jens och Marie-Louise såg på varandra och verkade något skeptiska.

"Kan det ha varit så att Sofia såg när någon slängde upp hatten?"

"Ja, det trodde jag också men sjuksystern som plockade ner den sa att hon visste vems hatten var. Den hade tillhört en patient som legat i samma rum för två år sedan. Hon mindes det för att det hade blivit ett himla rabalder när patienten skulle åka hem och hatten var borta. Den hade varit mycket viktig för honom och han hade varit rosenrasande när de inte hittade den.

"Ja, det var en märklig historia. Kan det inte ha varit så att någon ur personalen berättat för Sofia och att hon sedan antagit att hatten låg just där?"

"Nej, för när hon blev inkörd i det rummet var hon inte kontaktbar. Det var först när jag satt med henne mot slutet som hon kvicknade till och började prata. Jag förstår att det låter osannolikt, men jag ser ingen annan förklaring än att hon måste ha talat sanning. Och det säger jag i egenskap av yrkesman. Gissa om jag har funderat till förbannelse på detta."

"Ja, det verkar ju onekligen trovärdigt. Det skulle betyda att det kanske ligger något i det man hört om utomkroppsliga upplevelser."

"Ja, jag är i alla fall inte lika skeptisk nu som jag var innan. Det ska bli väldigt intressant att få veta, när den tiden kommer."

Jens suckade djupt.

"När den tiden kommer ja. Jag skulle i alla fall känna mig jävligt nöjd om vi lyckades klara upp det här med Dalia innan. Vi kanske inte kommer att hitta den skyldige, men förhoppningsvis lyckas vi få fram så mycket att domstolen beviljar resning för Anders. Då har vi i alla fall gjort något som vi kan vara stolta över. Det är inte alla förunnat att få åstadkomma något så viktigt så här i slutet av livet."

"Det skålar vi för," sa Wilhelm och höjde vinglaset.

Kapitel 12

Efter mycket tjat och brevväxling hit och dit, kom äntligen beskedet att de skulle få besöka Anders Lundbladh på ungdomsvårdsanstalten. Varför det varit så svårt att få ett besked, berodde mest på att det inte ansågs lämpligt att boende på Lyckelängan skulle vistas i en miljö bland tungt kriminella ungdomar. Det var den enda förklaringen de fått och när anstaltsledningen till slut insett att tjatet inte skulle upphöra, hade de gått med på ett kortare besök.

Ingen av dem hade tidigare träffat Anders. Det var mest det som Dalia, hennes föräldrar och Anders föräldrar berättat som låg till grund för deras kännedom. De tyckte de hade en god bild av vad han var för typ av människa. Att han i yngre år gjort dumma saker och inte varit guds bästa barn var allmänt känt, men också att han sedan förändrats som människa. Dalia hade bara talat gott om honom och då fanns det ingen anledning att tro något annat.

Det var en nedbruten ung man som mötte dem i besöksrummet. Han hade sedan en tid slutat hoppas på någon förändring och när hoppet försvunnit, försvann också livsviljan. Även om hans vistelse på anstalten inte skulle vara för evigt, var han ändå stämplad som mördare och våldtäktsman.

Det skulle i sociala medier förfölja honom vart han än tog vägen och det var ingen upplyftande tanke. Hans föräldrar hade berättat om Wilhelm och hans vänner och om det intensiva arbete de lagt ner för att hitta material till en resning. Men det hade inte gett honom några större förhoppningar. Han kände väl till vilket klientel som bodde på Lyckelängan och kände mest att det hela rörde sig om någon slags terapi för att ha något att sysselsätta sig med. Att en samling senila

gamlingar skulle kunna åstadkomma något till hans fördel,
verkade högst osannolikt.

Han hälsade artigt på dem och förvånades vid första anblicken
att de verkade så skärpta och till synes opåverkade av sin
sjukdom. De satte sig och blev serverade kaffe.

Marie-Louise frågade honom om han tyckte det var okej att de
pratade om Dalia. Anders nickade.

"Vi förstår om du tycker det är lite konstigt att tre gamla
människor engagerat sig i det här. Men du ska veta att vi var
mycket fästa vid Dalia och vi har alla kunskaper från vårt
arbetsliv som gör att vi är övertygade om att kunna göra
skillnad. Vår största drivkraft är att vi vill att rättvisa ska
skipas och att det går en mördare lös som inte ska vara fri."

Anders suckade uppgivet.

"Mamma och pappa har berättat en del om vad ni sysslar med.
Det är klart att jag är tacksam, men hur ska ni kunna
åstadkomma något från Lyckelängan? Ni kanske var skickliga
när ni jobbade, men det finns väl en anledning till varför ni bor
där ni bor?"

Marie-Louise nickade förstående.

"Det är klart att det gör. Men vi är inte sjuka hela tiden och
mellan varven är vi nog så skärpta som vi var innan vi fick vår
diagnos. Det är Wilhelm här som initierade allt och om du
kände till hans bakgrund och allt han åstadkommit under sitt
arbetsliv, skulle du nog känna dig lite mer optimistisk."

Wilhelm skruvade på sig.

"Ja, nu ska vi väl inte överdriva men vi har faktiskt kommit en
bra bit på väg. Även om vi inte kommer att kunna hitta
gärningsmannen, är vår förhoppning att samla på oss så
mycket fakta att domstolen till slut beviljar resning och du blir
frikänd."

"Ja, det skulle ju vara fantastiskt. Men jag får aldrig tillbaka Dalia och jag kommer alltid att vara dömd i mångas ögon. Ni får ursäkta att jag inte jublar av glädje. Jag är tacksam för det ni gör, det är jag verkligen. Men min livsglädje är som bortblåst och jag förstår inte hur jag ska kunna få den tillbaka även om jag blir frikänd."

"Den kommer tillbaka, var så säker. Men det är något du måste bearbeta under en längre tid. Nu är det viktiga att få dig fri och då måste du svara sanningsenligt på våra frågor. De är bara till för att vi ska få vår tidslinje komplett, och har inget att göra med om du är skyldig eller inte. Vi skulle inte sitta här om vi inte bergfast trodde att du var oskyldig."

Anders nickade.

"Fråga på så ska jag svara."

Det blev en lång pratstund och till slut hade de fått svar på alla frågor de i förväg skrivit ner. Kanske inte så mycket av större vikt vid första anblicken, men nog så viktigt när man satte in det i ett större sammanhang.

Vid hemkomsten satte de sig genast och gick igenom materialet. De jämförde det Anders sagt till dem och vad han hade sagt under polisförhören och i rättegången. Jens matade in allt av värde i sitt program och länkade samman uppgifter som kunde ha ett värde i en annan del av tidslinjen. Ibland kunde någon upptäcka att det var saker som inte stämde, eller verkade osannolika. Då gjordes ändringar och omflyttningar av data. Det var fascinerande hur Jens arbetade med tangenterna. Han var så uppslukad av sitt arbete att Wilhelm och Marie-Louise flera gånger fick avbryta honom för att förvissa sig om att han verkligen förstått vad de sagt.

Efter kvällsmaten var Wilhelm och Marie-Louise så trötta att de bestämde sig för att hoppa över den obligatoriska kvällsträffen.

De hade börjat sova tillsammans. Det hade varit på Marie-Louises initiativ en kväll när hon varit ledsen och känt sig extra ensam. Wilhelm hade först reagerat med förvåning. Det var så

många år sedan han delat säng med en kvinna. Det hade löst
sig på bästa sätt. Marie-Louise hade tydligt förklarat att de
bara skulle sova och inget mer. Wilhelm hade svårt att somna
den natten då tankar på svek och dåligt samvete snurrade i
hans huvud. Känslan av värme och närhet tog snart över och
till slut somnade han och sov bättre än han gjort på länge.
Marie-Louise hade också uppskattat deras natt tillsammans
och de hade fortsatt att dela säng efter detta. När de så
småningom börjat känna sig mer bekväma, hade lusten börjat
göra sig påmind och det dröjde inte länge innan de kom riktigt
nära varandra. Det hade varit en upplevelse som Wilhelm
skattade som en av de största på mycket länge. Att han på
ålderns höst och efter så lång tid av avhållsamhet kunnat få
vara intim med en kvinna igen, var något han inte räknat med.
Visserligen hade startsträckan varit lite besvärlig. Tankarna
gick hela tiden till Sofia och han hade svårt att släppa tanken
på svek, men Marie-Louise var förstående och tålmodig. Det
gick lite lättare när han fantiserade om att Ulla med sin
spänstiga kropp, var med på ett hörn.

Jens hade förstått hur det låg till fast de inte sagt något. Han
gladdes åt deras lycka även om det fanns ett uns av
avundsjuka. Själv hade han inte märkt av någon större
nedgång i sin förmåga, trots stigande ålder och sjukdom.

Han hade själv tagit hand om detta under sena kvällar framför
datorn. Gud ske lov för internet, hade han många gånger
tänkt. Skulle detta varit för många år sedan, skulle tillvaron
varit bra mycket tuffare.

Den här kvällen hade Jens bestämt sig för att göra den första
fullskaliga genomsökningen av databasen. Han var på
helspänn och förstod att någon nattsömn inte fanns på kartan
än på länge. Även om mycket saknades, fanns det tillräcklig för
att kunna få en övergripande bild av händelseförloppet. Några
saker skulle naturligtvis vara rena antaganden, men på det
stora hela skulle det nog stämma. När han tryckte på
startknappen och text och bilder började flimra förbi, blev han
så exalterad att han var tvungen att ta en whisky för att lugna
ner sig. Han stirrade intensivt på skärmen och utan att han

förstått hur det gått till, hade han somnat. Då han sedan vaknat hade programmet stannat och på skärmen uppenbarade sig ett scenario de hela tiden haft i åtanke, men så mycket mer detaljerat. Han skummade igenom några filer, men beslöt sedan att vänta till morgonen därpå så att även Wilhelm och Marie-Louise skulle få ta del av resultatet från början.

Jens kunde knappt bärga sig under frukosten. Han berättade att han kört programmet och hade knappt hunnit dricka upp kaffet innan han manade på de andra att skynda sig. Marie-Louise fick lugna ner honom.

"Sakta i backarna nu. Jag har inte hunnit ta påtår. Även om vår tid är begränsad, så lär en timme hit eller dit inte göra någon skillnad. Gå upp du, så kommer vi när vi ätit klart."

Jens suckade, men insåg att han nog behövde tagga ner en smula.

Väl på plats uppe på rummet visade han vad hans databas åstadkommit. Det startade med en redogörelse om hela händelseförloppet ända från det att Dalia lämnat Lyckelängan på sin cykel, tills hon körde omkull utanför ladan. Sedan följde en filmsekvens från grusvägen och in i ladan. En textremsa beskrev det antagna händelseförloppet från det att Dalian kört omkull tills hon hittades död. Ladan visades ur alla vinklar och allt var mycket detaljerat med pilar och förklaringar. Wilhelm var mäkta imponerad.

"Det här är något alldeles enastående Jens. Var fanns du när jag jobbade på Åklagarmyndigheten? Vad säger du Marie-Louise, har du sett något liknande?"

Hon skakade på huvudet och var mållös.

Jens kände sig stolt. Han hade inte haft för avsikt att imponera eller visa sig på styva linan. Allt han velat, var att göra ett så proffsigt jobb som möjligt. Nu fick han njuta frukten av sin ihärdighet och det kändes fantastiskt.

Kapitel 13

Tiden rusade iväg med en väldig fart. Fler än hälften av alla som bodde och arbetade på Lyckelängan hade blivit drabbade av en besvärlig influensa och det mesta gick liksom på halvfart. Det var inte alla som klarade av smittan och flera av de boende blev så sjuka att de var tvungna att köras till sjukhuset. Både Wilhelm och Marie-Louise blev sjuka men inte värre än att de kunde vara kvar. Jens klarade sig turligt nog, men tyckte det var tråkigt att behöva vara ensam.

Så småningom ebbade influensan ut och livet började sakta återgå till det normala. Wilhelm var svag i flera veckor efteråt så han kunde inte medverka fullt ut i utredningen.

Då sjukdomen varit som mest kritisk hade Victor kommit på besök. Det var länge sedan sist och Wilhelm gladdes åt att återse sin son. Även om det varit fullt upp med utredningen, hade han ändå tyckt att det var lite tråkigt att Victor varit så upptagen. Visserligen hade de pratat en del i telefon, men det var ju inte samma sak som att träffas.

Victor hade berättat om hur bra hans företag gick och om sina storslagna framtidsplaner med expansion och utlandslansering. Han hade med sig lite varuprover från de senaste produkterna. Wilhelm höll god min och smakade på godsakerna. Han hade aldrig varit särskilt förtjust i det godis Victor brukade ta med sig. Det var alldeles för sött och sliskigt för hans smak, men han visade aldrig vad han egentligen tyckte. Det var ändå roligt att det gick så bra och att folk verkade gilla smakerna.

Wilhelm hade tidigt berättat om uppdraget som han och hans vänner hade tagit på sig. Victor tyckte det var bra att de hade något meningsfullt att sysselsätta sig med, men var skeptisk till om det skulle bli något resultat av det hela. Då han inte visat något större intresse över att höra hur arbetet framskred, tyckte inte Wilhelm att det kändes angeläget att berätta något. Det var i alla fall roligt att Victor kommit och det verkade som om besöket påskyndade tillfrisknandet.

***

Det var inte alla som kom hem från sjukhuset efter influensaepidemin. Plötsligt fanns två lediga platser och inom kort kom det två nya boende till Lyckelängan. Den ena var en gammal militär som redan var så illa däran att tiden fram till förvaringen nog skulle bli väldigt kort. Den andra var vid bättre vigör och verkade inte ha några som helst besvär med glömska och förvirring. Han hade genast gått runt och hälsat på alla och gjort ett mycket gott intryck.

Han hette Gustaf Sundin och hade under en tid varit stadssekreterare på justitiedepartementet. Han var utbildad inom juridik och hade arbetat länge inom rättsväsendet. Han hade liksom Wilhelm och Marie-Louise fått sin diagnos för något år sedan och på eget initiativ ansökt om en plats på Lyckelängan. Det hade inte varit raka spåret, men då några dödsfall skett, uppstod en möjlighet han inte var sen att greppa.

Gustaf blev tidigt intresserad av vad Wilhelm, Marie-Louise och Jens sysslade med. Det hade stått lite om deras mission i lokalpressen. Men då Gustaf var från Stockholm och mest läst Svenska Dagbladet hade han varit ovetande. Visst hade han hört och sett på tv om mordet men trott att det nu var ett avslutat kapitel. När han efter en tid fått inblick i det material de tre fått fram, hade han blivit oerhört intresserad och det dröjde inte länge innan han bett om att få bli delaktig. De hade varit fyra från början och att nu få in en sådan erfaren resurs som dessutom verkade trevlig, gjorde att ingen hade motsatt sig hans önskemål.

Gustaf blev en nyttig tillgång och en frisk fläkt i den lilla gruppen. Hans sätt att tänka och resonera och det stora kunnande han besatte, gav nya infallsvinklar och förde arbetet framåt på ett mycket positivt sätt. Marie-Louise imponerades av hans belevade manér. Att han också hade ett tilltalande yttre i hennes ögon, gjorde inte saken sämre.

Wilhelm hade först inte tänkt så mycket på det. Han var liksom de övriga, glad åt att det kommit lite nytt blod i utredningen. Men efter en tid hade han börjat märka av Marie-Louises intresse för den nye medlemmen. Först hade han bara ruskat av sig tankarna. Karln var ju trevlig och kunnig så det var väl inte så konstig om intresset för honom var stort. Sedan hade andra och mörkare tankar börjat gnaga inom honom. Det var en förvillande känsla. Svartsjuka hade han aldrig någonsin känt förut vad han kunde minnas. Kanske någon gång i sin ungdom i Östtyskland. Med Sofia hade det aldrig varit aktuellt, förutom i början kanske när de ännu inte blivit tillsammans. Nu började det växa sig allt starkare inom honom och han visste inte riktigt hur han skulle hantera det.

Marie-Louise och Wilhelm fortsatte som vanligt att sova tillsammans. Det kanske bara var inbillning men Wilhelm tyckte sig märka en skillnad mot innan, speciellt då de hade intimt umgänge. Inte för att det på något vis blivit sämre, snarare tvärt om. Men en förändring hade det blivit, det var ingen tvekan om det. Tankarna fortsatte att mala och hur han än ansträngde sig, kunde han inte få bort dem. En sen kväll när de precis hade lagt sig beslöt han sig för att föra det på tal. Det tog emot och han hade tvekat länge, men nu kändes det som om det var alldeles nödvändigt.

”Vad tycker du om Gustaf?”

Marie-Louise som nästan höll på att somna, vände sig mot honom.

”Varför frågar du det? Vi har ju pratat förut om hur trevlig och kunnig han är och att han verkligen tillför något. Det vet du väl att jag tycker mycket bra om honom precis som du och Jens sa att ni också gör.”

”Jo, det är sant. Jag undrar bara om du känner något mer för honom, om du förstår vad jag menar?”

Marie-Louise började skratta.

"Men vad är det du antyder? Menar du att jag skulle vara intresserad av honom?"

"Nej, inte precis så kanske, men att du känner dig lite attraherad av honom? Han är ju ändå en stilig karl."

Marie-Louise kunde inte låta bli att skratta trots att hon förstod att det var något som Wilhelm gått och gruvat sig över.

"Kan jag ana ett litet uns av svartsjuka här? Det var ju i och för sig hedrande, men det ska du veta att den tiden för länge sedan är passerad. Nu är det du och jag och den lilla tid vi ännu har kvar tänker jag ta vara på. Att hålla på och byta partner i vår ålder verkar ganska korkat. Eller hur?"

"Jo, det är sant. Jag ville bara veta vad du kände."

"Tycker du att jag har förändrats på något vis sedan Gustaf kom in i bilden?"

Wilhelm skruvade på sig och kände sig obekväm. Nu hade han fått det svar han ville och fann ingen anledning att utveckla resonemanget vidare.

"Nej, kanske inte. Möjligen att du varit lite mer passionerad."

"Skulle det vara något negativt menar du?"

"Nej, absolut inte. Jag får bara känslan av att du kanske tänker på honom när vi älskar."

Marie-Louise kröp närmare honom och nöp honom i kinden.

"Vad jag tänker eller inte tänker ska du inte lägga så stor vikt vid. Alla fantiserar vi väl ibland. Gör inte du det?"

Wilhelm brottades med sitt samvete. Att tala sanning hade alltid varit en dygd för honom.

"Det har väl hänt någon gång."

Marie-Louise kröp närmare och lade sitt huvud intill hans kind.

"Berätta"

"Nej, det vill jag inte. Det känns pinsamt."

"Nu berättar du, annars kommer jag att hålla dig vaken hela natten."

Wilhelm kände sig oerhört generad och obekväm, men på något vis började en pirrande känsla komma krypande. Den började i tårna och kröp sakta uppåt.

"Ibland har jag tänkt på Ulla."

"Va! Föreståndarinnan? Det hade jag aldrig trott. Lammkött! Hur har du tänkt på henne då?"

Nu hade känslan av genans sakta motats bort av pirret och Wilhelm började berätta om sina fantasier. Först trevande, sedan allt mer ingående. Marie-Louise lyssnade med stigande intresse. I flera timmar låg de och pratade om sådant som tidigare varit tabu, för att slutligen förenas på ett sätt som ingen av dem tidigare upplevt.

***

Wilhelm kände sig friskare och starkare än på länge. Tankarna på Marie-Louise och Gustaf var som bortblåsta och han kunde nu till fullo ta itu med utredningen. Jens hade inte legat på latsidan under influensaepidemin. Han hade förfinat sin databas näst intill perfektion. Gustaf hade genom sina många kontakter från tiden som verksam kunnat tillföra ytterligare intressanta uppgifter som Jens matade in i databasen. Det kändes som om det nu var nära att de skulle ha så mycket på fötterna att det skulle vara möjligt att få till stånd en ny rättegång för Anders.

Ett tag hade de nästan misstänkt att Gustaf inte hade någon sjukdom överhuvudtaget. Att han bara sökt sig till Lyckelängan för det bekväma boendet. Men så en dag fick de se hur han blev då sjukdomen visade sitt ansikte.

Det var när de en kväll satt på Marie-Louises rum och hade sin vanliga sammankomst. Hösten hade gjort sitt inträde och kvällarna på altanen hade blivit allt för kylslagna. Gustaf hade bjudits in och genast gjort sig hemmastadd. Han hade mycket spännande saker att berätta om sitt förflutna och han lyssnade alltid intresserat på vad de andra hade att säga.

Så plötsligt hade han ändrat beteende. Som en blixt från en klar himmel förvandlades han från den trevlige och belevade människa han egentligen var, till en oförskämd och elak gubbe. Han började kommentera de andras utseende och gjorde sig lustig över hur de pratade. Det var som om hans intelligens sjunkit till ett barns nivå och hans annars så charmerande uppförande var som bortblåst.

De förstod vad som hänt och tog inte så allvarligt på saken, men hade ett visst huvudbry om hur de skulle ta upp det med honom efteråt. Kanske hade ingen talat om för honom hur han blev när sjukdomen tittade fram. De kom i alla fall fram till att berätta. Kanske skulle han bli tacksam? Men han kunde lika gärna uppfatta det som ett påhopp. I alla fall så frågade de honom nästa dag då han var som vanligt igen. Han hade inget minne av kvällen innan och var ivrig att få höra vad som hänt.

De berättade sanningsenligt och reaktionen lät inte vänta på sig. Gustaf blev oerhört ledsen och visste inte till sig av skam. Han bad alla så mycket om ursäkt och uppmanade dem att nästa gång det hände, kalla på personal. De tyckte synd om honom och lyckades till slut övertyga honom om att inte känna skam. Nu var han ju ännu mer som en av dem.

Deras stöd tröstade honom och han visade sin tacksamhet genom att efter överenskommelse med Henning i köket, bjuda alla på kvällssupé bestående av hummer och ett fint vin.

Kapitel 14

Nu var det inte längre någon tvekan om att det skulle gå att få
till stånd en resning. Ansökan var i stort sett färdigskriven och
advokatbyrån hade redan utsett en representant som skulle
driva målet. Efter en minutiös genomgång med advokaten av
allt material de samlat in, kunde de till sist enas om att göra
ett försök.

Gustaf Sundin hade varit pådrivande i processen och med sina
högt uppsatta kontakter inom rättsväsendet, kunde ärendet få
förtur framför en del andra fall med lägre prioritet. Hanteringen
hade kanske inte varit fullt försvarbar. Men med den
begränsade tid de hade till förfogande, var det ingen som hyste
några större betänkligheter över detta.

Anders Lundbladh som först varit skeptisk, började nu känna
hopp och hans tillvaro på anstalten började te sig allt mer
dräglig. Han ville inte hoppas för mycket, men det verkade som
om gruppen från Lyckelängan varit skickliga i sitt arbete.
Lokalpressen hade tidigt engagerat sig och nu hade även
kvällspressen börjat visa intresse.

Det som alla bedömare siat om och som Wilhelm och hans
vänner bergfast trott på, skedde till slut. Anders Lundbladh
beviljades resning och blev i och med detta en fri man igen.
Man hade visat att den indiciekedja som legat till grund för den
fällande domen, innehöll så många felaktigheter att tesen
"utom allt rimligt tvivel" ej längre höll ihop. Det är klart att
allmänheten och då framför allt de i närområdet inte kunde
vara säkra på om Anders verkligen var oskyldig. Det
spekulerades vitt och brett, men de som trodde på hans oskuld
var i alla fall i majoritet.

Framgången firades med en fin middag på Lyckelängan. Både Anders och Dalias familj var inbjudna. Henning hade inte sparat på sitt kunnande i köket. Det serverades skaldjursbuffé och till efterrätt en glassbomb som fick gästerna att kippa efter andan. Pressen var närvarande och Wilhelm och hans vänner hade fullt upp med att låta sig intervjuas. Gustaf Sundin hade otur och föll ifrån redan tidigt på kvällen. Han leddes till sitt rum av personalen innan han hunnit vräka ur sig allt för många oförskämdheter. Det var synd då han var den mest vältalige och medievana personen av de fyra. Nu var det Marie-Louise som fick dra det tyngsta lasset och det klarade hon med den äran. Varken Wilhelm eller Jens var särskilt bekväma med att stå i rampljuset och låta sig intervjuas så de försökte undvika det i möjligaste mån.

Dagen efter var händelsen på alla löpsedlar och skymtade även förbi i några korta sekvenser i tv-nyheterna.

Wilhelm gick länge och funderade på vad han egentligen kände. Visst kändes det bra att ha rönt en sådan framgång. De hade lyckats med att få en oskyldigt dömd fri och rättvisan hade till slut segrat. Men känslan av ofullständighet gnagde i hans huvud och blev allt starkare. Till slut kunde han inte hålla det inom sig längre utan tog upp frågan med sina vänner en kväll.

"Jag vet inte hur ni känner det, men jag har tänkt en del och kan inte riktigt släppa tanken på att det går en mördare lös där ute. Visserligen är Anders fri, men helt rentvådd i allmänhetens ögon är han inte innan den verklige gärningsmannen är fasttagen och dömd."

De övriga verkade inte särskilt förvånade av Wilhelms ord. Marie-Louise snurrade vinglaset med fingrarna.

"Jag känner likadant. Det är ju inte en mördare vilken som helst som springer omkring i fullständig frihet. Det är ett jävla monster som ska sitta inspärrad på livstid."

Både Jens och Gustaf nickade instämmande. Gustaf svepte det sista i vinglaset med några ljudliga klunkar och ställde bryskt ner glaset i bordet.

"Ja, det är nog ingen tvekan om att vi alla är något frustrerade över situationen. Visserligen har vi lyckats med det som varit vårt uppdrag, men visst har du rätt Wilhelm. Jag känner att vi inte riktigt är klara. Frågan är bara, har vi tillräckligt med tid och kommer vi att orka?"

Vinflaskan skickades runt och man fyllde på de tomma glasen. Wilhelm fick en stark känsla av tillfredsställelse.

"Om jag orkar eller inte skiter jag i. Jag är i alla fall beredd att gå vidare och ta fast den jäveln."

Jens höjde sitt glas i luften.

"Ta mig fan, det skålar vi på. Det här är för Dalia och Anders."

***

Anders var märkt efter sin tid på ungdomsvårdsanstalten. Men all den kärlek han fick av sina nära och kära gjorde att han kunde känna sig lite lycklig, åtminstone för stunden. Tanken på hur mycket möda man lagt ner enbart för hans skull, gjorde att han nästan kände sig tvingad att vara tacksam trots att det fortfarande kändes ganska mörkt inombords. Han var visserligen fri och kunde gå vidare i livet, men saknaden efter Dalia och stämpeln som rättsväsendet gett honom skulle inte vara så lätt att sudda bort. Han märkte hur andra tittade snett på honom och han kunde höra deras viskningar. Var det ändå han som hade gjort det? Han hade funderingar på att flytta utomlands, men med avbruten utbildning och skralt i kassan skulle det vara en chanstagning som kanske inte skulle slå väl ut. Skadeståndet för tiden han suttit inlåst var visserligen en hjälp nu i början, men skulle knappast räcka till försörjning någon längre tid. Hans föräldrar ville naturligtvis ha honom kvar hemma så länge som möjligt och försökte peppa honom att se lite ljusare på tillvaron. Det var ju trots allt många som trodde på hans oskuld.

Snabbt föll han allt djupare ner i depression och började
använda alkohol och andra droger som ett sätt att lindra sin
smärta. Föräldrarna kände sig maktlösa och visste till slut inte
vad de skulle ta sig till. Från samhällets sida fanns inte mycket
hjälp att få, förutom medicinering och förmaningar om vad
hans missbruk kunde leda till.

Beskedet om att gruppen på Lyckelängan åter skulle ta upp
fallet och försöka finna den skyldige kom några dagar för sent.
Anders Lundbladh hade tagit sitt liv genom att hoppa framför
tåget.

Beskedet kom som en chock för Wilhelm och hans vänner. De
kände sig uppgivna. Men när det värsta lagt sig och de hunnit
diskutera situationen, blev deras beslutsamhet bara större.

Nu hade mördaren två liv på sitt samvete och det skulle han få
stå till svars för.

***

Gustaf Sundin som inte haft någon anknytning till offren, var
den som var mest pådrivande och såg till så att de övriga
fokuserade på uppgiften. Wilhelm tyckte det var skönt att
någon annan höll ihop allt så att han själv kunde koncentrera
sig på det han var bäst på. De hade berättat för Gustaf hur de
brukade agera när sjukdomen visade sig och att Jens var den
som hade det yttersta ansvaret att se till att allt gick lugnt till.
Gustaf som tidigare varit mycket bedrövad och skamsen över
sitt beteende under skoven, hade sakta accepterat sitt öde. Det
fanns ju inget han kunde göra och att grubbla över sådant var
ganska meningslöst. Det fanns likheter med vad de andra
berättat om Magda Löwenhielms beteende som de funnit
stundtals roande. Det kunde i viss mån kännas befriande.

Arbetet med utredningen hade nu tagit en ny riktning. Allt
material gicks igenom på nytt och uppgifter som tidigare inte
varit relevanta matades in i databasen. Gustaf pressade sina
gamla kontakter inom polis och rättsväsende och fick tillgång

till uppgifter de tidigare saknat. Wilhelm jobbade hårt med analyser och fick även hjälp av några pensionerade kollegor från FRA att strukturera sina fakta och sålla bland materialet. Marie-Louise hade till uppgift att undersöka liknande fall och försöka dra paralleller till detta.

Arbetet var intensivt och det var som om tiden på något vis hade skruvats tillbaka. Tanken på var de befann sig och anledningen därav, existerade inte längre. Nu var de ett hårt arbetande team som till hundra procent fokuserade på att nå resultat. Tiden var knapp och de var fullt medvetna om att någon när som helst skulle kunna falla ifrån och inte längre vara delaktig med sin kunskap. Alla var viktiga och ett bortfall skulle kunna skjuta hela utredningen i sank. Det fick inte ske och bara den insikten gjorde förmodligen att de tillfällen av förvirring inte kom lika ofta nu som innan. Doktor Tore som med jämna mellanrum undersökte alla boende, var förvånad över den vitalitet och livsglädje som präglade medlemmarna i vängruppen. Han trodde mycket på den nya medicinering som införts men förstod också att inställning och vilja hade stor påverkan. Det enda smolket i bägaren var att tumören i Jens huvud hade växt en aning och att tiden närmade sig då det skulle ske förändringar i hans personlighet. Men tillväxttakten var inte så alarmerande att det skulle ske inom några veckor. Än fanns tid att fundera över behandlingar av olika slag, något som Jens kraftigt motsatt sig då följderna inte gick att förutsäga.

Vid kvällsträffarna hade de kommit överens om att inte prata så mycket om arbetet utan försöka slappna av och njuta av stunden. De skvallrade om personalen och om övriga boende och spekulerade om vem som stod på tur att bli inlagda på förvaringen.

Jens var extra glad då han fått besked om att det var ytterligare ett barnbarn på väg. Han skulle få hälsa på så småningom och det var något han verkligen såg fram emot. Wilhelm kunde känna ett sting av avundsjuka när de övriga berättade om sina barnbarn och allt roligt de haft tillsammans. Men nu var det som det var och inget att göra åt saken. Victor skulle förmodligen aldrig hitta någon livskamrat i fertil ålder och skulle han göra det, var det ändå för sent. Nu hade Victor annat att tänka på med utlandslansering och expansion. Det hade till och med stått i tidningen om hans framgång och Wilhelm kände sig stolt över sin framgångsrike son. Om bara Sofia hade fått leva och sett hur bra det gått för deras son. Det hade varit en glädje att få dela det med henne.

Ibland hände det att Ulla satt med på kvällarna. Hon tyckte det var intressant att höra om gamla tider och berättelser om det rika liv som de boende varit med om. Visserligen började hon själv bli lite till åren, men hennes livsupplevelser kunde inte mäta sig med de övrigas på långa vägar. Hon tyckte det var väldigt intressant att höra Wilhelm prata om livet i Östtyskland då han varit verksam inom säkerhetspolisen.

Mycket hade media rapporterat om, men att få höra från säker källa hur det verkligen gått till var något alldeles extra. Wilhelm kunde berätta om hur oliktänkande behandlats när de blivit förhörda och om hur Stasi med hjälp av läkare och forskare experimenterat med olika droger för att få människor att tala sanning eller ändra åsikt. Den extrema kartläggningen av invånarnas privatliv fick även en annan dimension när Wilhelm förklarade hur det gått till i verkligheten.

Ibland kunde även andra ur personalen sitta med och det var inte alltid det avhandlades allvarliga ämnen. Stämningen kunde vara nog så uppsluppen när ämnen av mer lättsam karaktär togs upp. Just ett sådant ämne var de olika karaktärsdrag som alla hade. Jens som hade en utmärkande komisk sida och gärna skämtade om och med andra, berättade vid ett tillfälle om hur han upplevt både personal och boende när han första gången kom till Lyckelängan.

Han hade blivit riktigt förtjust i Ulla och tänkt att det nog skulle kunna finnas en liten chans till romans där. Han var ju något yngre än övriga boende och inte lika påverkad av sjukdom. När han sedan fått höra att Wilhelm haft samma tankar, hade han anat en förestående konflikt. Ulla skrattade hjärtligt när hon fick höra det. Wilhelm däremot hade blivit

ytterst förlägen och hans rodnad hade inte passerat obemärkt
förbi. Det var något som Jens tagit fasta på och använde
dagligdags för att retas med Wilhelm. Det blev lite tröttsamt i
längden men Wilhelm kunde ändå inse det komiska i det hela.

Det var ytterst få gånger som någon av de andra boende fick
delta i kvällsträffarna. Vid några tillfällen hade det hänt, men
det hade bara resulterat i pinsam tystnad och samtalsämnen
som inte varit av något större intresse. Redogörelser för olika
krämpor och konsistensen på morgonavföringen var inget som
någon av dem tyckte var viktigt att veta. Inte heller livsöden
som mest bestått av möten och middagar med släkt och
familjemedlemmar.

De trivdes bäst i varandras sällskap och hade nu blivit så
sammansvetsade att de nästan kände sig som en familj.

Gustaf var den första som reste sig.

”Nej, nu får det räcka för i kväll. Jag föreslår tidigt sänggående
så att vi i morgon med nya krafter kan ta oss ann den svåra
uppgift som ligger framför oss.”

Kapitel 15

Jul och nyår passerade i vanlig ordning med massor av god mat. Den här gången hade ingen i gruppen fallit ifrån och alla kunde glädjas över de festligheter som anordnats tillsammans med nära och kära. Victor hade besökt sin far både över jul och nyår och när han på nyårsdagen gav sig av hemåt, kände Wilhelm både glädje och vemod. Det hade varit några helt fantastiska dagar och han och Victor hade kommit varandra närmare än på mycket länge. Men det kanske var sista gången de skulle få uppleva den känslan. Till sommaren kanske allt skulle förändras om det nu stämde det som doktor Tore siat om. Sjukdomen hade inte blivit värre, men framtiden var tydligt utstakad och den såg inte ljus ut. Wilhelm hade på nära håll sett hur boende som den ena dagen varit till synes helt symtomfria, förvandlats till någon helt annan bara över en natt. Han förstod att han själv skulle göra samma resa inom en inte allt för avlägsen framtid. Det var inget som skrämde honom. Han hade för länge sedan förlikat sig med tanken, men så klart kändes det tråkigt. De hade talat mycket om detta med varandra och alla hade ungefär samma inställning som Wilhelm. Varför bekymra sig över något de ändå inte kunde påverka. Nu gällde det att ta vara på den knappa tid som återstod. Om de skulle lyckas med sitt uppdrag, skulle allt kännas så mycket bättre.

***

Nu hade vårfloden börjat strila i den lilla bäcken vid tomtgränsen och den första sädesärlan trippade fram på den välkrattade grusgången. Wilhelm kände nu för första gången att det hade kommit fram något konkret i utredningen. Det var främst tack vare Gustaf Sundins enträgna ansträngningar med att bearbeta sina forna kontakter inom rättsmedicin, som gjort att de fått en DNA-analys på det hårstrå som hittats i ladan.

Det visade sig att det varken kom från Dalia, Anders eller
bonden som ägde ladan. Nu fanns ett bevismaterial som skulle
kunna bli viktigt framöver. Även ett svagt vittnesmål om en
främmande bil som setts vid tillfället för brottet hade resulterat
i en viktig pusselbit. Då varken registreringsnummer eller
bilmodell framkommit, hade polisen avfärdat uppgiften som
oanvändbar och lagt den åt sidan utan ytterligare kontroll.
Jens som var motorintresserad hade tagit upp vittnesmålet om
bilen och intervjuat vittnet i fråga vid flera tillfällen. Små och
till synes oviktiga detaljer hade slagits samman och bearbetats
i hans dataprogram. Där framgick att det med 85 procents
säkerhet kunde fastställas vilket bilmärke det var och av vilken
årsmodell. Jens hade gjort en sökning och det visade sig att det
fanns 1340 bilar av det märket och av den årsmodellen
registrerade i Sverige. När han sorterat bort ägare av kvinnlig
kön och sådana som var över sjuttiofem år, återstod drygt
tusen. Sedan hade han fokuserat på närområdet inom en radie
av tjugo mil och då återstod endast ett hundratal. Det var
naturligtvis inte säkert att han var rätt ute, men sannolikheten
sade att det var värt att spinna vidare på.

Inte heller Marie-Louise hade legat på latsidan trots att hon
varit kraftigt förkyld. Hon hade för säkert tionde gången läst
igenom utredningen och där hittat en uppgift som visserligen
var känd, men som använts mot Anders i rättegången. Dalia
hade haft alla sin naglar intakta och det fanns inga spår av att
hon på något vis försökt försvara sig med att klösas. Det hade
åklagaren tagit som ett tecken på att förövaren var någon hon
kände eller åtminstone kände igen. Hade en helt okänd man
överfallit henne skulle hon med säkerhet ha försvarat sig och
hennes naglar skulle förmodligen tagit skada. Då det inte var
Anders som var gärningsmannen borde det vara någon annan
hon känt igen. Därför hade hon kanske inte känt den skräck
hon annars skulle gjort.

Det blev Wilhelms uppgift att kartlägga Dalias
bekantskapskrets, både nära och flyktiga. Det var inget lätt
uppdrag. Men när det var klart skulle de kunna se om det
fanns någon som passade in i Jens fordonsanalys. På så vis

skulle de kunna ta ett nytt DNA-prov och jämföra med det upphittade hårstrået.

Att kartlägga den närmaste bekantskapskretsen var enkelt. Dalias föräldrar och vänner var hjälpsamma och det gick ganska smidig att sortera de personer av manlig kön hon känt till. Svårare var det med personer i periferin. Människor hon inte umgåtts med, men som hon kanske träffat någon gång och eventuellt kände igen.

Wilhelm lade ner mycket tid på att registrera och kontrollera. Till sin hjälp hade han ett dataprogram som Jens konstruerat endast för den uppgiften. Det gjorde arbetet lite mer effektivt och mindre långtråkigt.

Det blev långa dagar och ibland sena nätter. Wilhelm kastades mellan entusiasm och leda beroende på vilket humör han var på och vad han fick fram. Det var många personer som kunde figurera i utkanterna av någons liv, många fler än man kunde ana. Det kunde tex. vara någon som stod i en butik, en lärare, någon bekant till en släkting. Egentligen vem som helst som Dalia på något vis kunnat känna igen och inte betraktat som hotfull.

Listan på personer var till slut så lång att Wilhelm började tycka att det räckte. Det rörde sig om flera hundra personer och skulle han fortsätta, skulle listan förmodligen kunna bli hur lång som helst. I samråd med de övriga beslöts det i alla fall att de skulle göra en sökning för att se om det kunde bli någon träff.

När Jens startade sitt program och det började flimra på datorn, kände alla hur spänningen steg. Förhoppningarna var inte särskilt stora. Efter en lång stund då inget hänt, började de skruva på sig och känna sig uppgivna.

Marie-Louise skulle precis gå på toaletten när programmet stannade och ett namn kom upp på skärmen. Ingen sade ett ord utan stirrade som om det inte var sant det som stod där. Levi Laestadius var namnet. En fyrtioåttaårig man bosatt i Gnesta och ägare av en bil av samma årsmodell och färg som

Jens hade fått fram. Wilhelm tänkte så det knakade men kunde inte komma på att han någonsin hört namnet förut. Marie-Louise såg fundersam ut. Det var något som rörde sig långt inne i bakhuvudet.

"Jag är nästan säker på att jag sett namnet någonstans i materialet, men jag kan inte riktigt komma på var. Jag tror jag måste gå igenom en del papper igen."

Jens sken upp.

"Det behöver du inte göra. Om namnet förekommit så finns det i databasen. Annars har vi slarvat."

Han knappade in efternamnet och tryckte på sökknappen. Genast dök namnet upp, men då med ett annat förnamn. Richard Laestadius, en klasskamrat till Dalia under högstadiet. En pojke som blivit misshandlad av Anders då han gett sig på och slagit Dalia i skolan. Efter ytterligare kontroll visade det sig att Levi Laestadius var hans pappa.

Marie-Louise kliade sig i huvudet och tänkte så det knakade.

"Visst var det väl så att det förekommit ganska mycket trakasserier mot Dalia när hon gick i nian, även av Anders? Det framkom i rättegången. Men jag minns också att det var vid den tiden det vände och Anders och Dalia blev vänner igen. Den här Richard var tydligen inte särskilt förtjust i mörkhyade och gick ganska hårt åt Dalia."

Jens såg lite frågande ut.

"Men varför skulle man mörda någon bara för hudfärgens skull? Verkar inte det långsökt?"

Gustaf Sundin skrockade.

"Ja du Jens, du skulle bara veta vad det finns för mörka krafter där ute. Jag tror nog Marie-Louise håller med mig när jag säger att det inte är helt ovanlig. I USA händer det hela tiden och ibland även här. Hatet ligger och pyr enda tills något inträffar som får det att blomma ut och då kan vad som helst hända."

"Men pojken var inte arton år och saknade körkort vid tidpunkten för mordet."

"Det är bra att du är kritisk och ifrågasätter, men det är väl inte första gången som en ungdom lånat pappas bil utan lov och kört utan körkort?"

Jens såg fundersam ut.

"Nej det är klart, sånt händer ju. Om det nu inte är pappan som varit i farten, eller någon annan i familjen?"

Wilhelm kände sig nöjd. Efter allt slit fanns nu något att gå vidare med även om chansen var liten att det skulle leda till något.

"Vi får i alla fall gå på det här spåret tillsvidare och se vad vi kommer fram till. Om du Jens ser vad det går att få fram på nätet och i polisregistret om familjen Laestadius, så kan vi bestämma i morgon hur vi går vidare. Nu är jag så himla trött att jag måste gå och sova."

Marie-Louise gäspade när hon hörde ordet sova, och Gustaf Sundin lät sig smittas av hennes gäspning.

"Du Jens som är lite yngre än oss övriga, tror du att du orkar få fram något i kväll eller är du också trött?"

Jens sträckte på sig och kände efter.

"Nej, jag är pigg. Jag jobbar några timmar så får vi se vad som kommer fram. I morgon har ni förhoppningsvis lite att ta tag i."

***

När Wilhelm vaknade på morgonen kände han sig utvilad. Han sträckte på sig och tittade på klockradion bredvid sängen. Klockan var åtta och det var vid den här tiden han vanligtvis brukade vakna. Men datumet stämde inte. Det borde varit onsdag men nu var det torsdag. Han tänkte att det förmodligen var vid städningen som någon kommit åt klockan så att inställningen ändrat sig, och ägnade inte det någon ytterligare uppmärksamhet.

Nere i matsalen satt hans vänner och åt frukost. De tittade intensivt på honom.

"Hej på er! Vad glor ni på? Ni ser ut som om ni ser ett spöke."

Marie-Louise sprack upp i ett leende.

"Nejdå, vi undrade bara i vilket skick du var. I går var du inte särskilt talför."

"Vadå i går? Då satt vi ju och fick fram en misstänkt. Har ni blivit alldeles prilliga?"

Marie-Louise ruskade på huvudet och log.

"Nej Wilhelm, det var i förrgår. I går var du i en helt annan värld. Minns du ingenting?"

Wilhelm kände sig nedstämd. Det var alltså inget fel på klockan.

"Jaha, så var det med det. Nej, jag minns absolut inte ett dugg från gårdagen. Hände det något speciellt?"

"Ja, du ville absolut gå på promenad fast det var kallt och jävligt och Jens följde med dig."

Wilhelm tittade på Jens som tuggade på en knäckemacka.

"Du är snäll du Jens. Hur ska jag någonsin kunna tacka dig?"

"Det behöver du inte göra. Det är så rolig att gå på promenad med dig då du är i det tillståndet. Du har så mycket rolig att berätta. I går berättade du hur du tänkt förföra Ulla utan att Marie-Louise skulle märka något."

Wilhelm kände hur det hettade i kinderna och rodnaden spred sig över ansiktet. Han tittade hastigt på Marie-Louise och såg att hon hade svårt att hålla sig för skratt. Sedan började de andra skratta och då förstod han att Jens den skojaren bara drev med honom.

"Nej då Wilhelm, du behöver inte vara orolig. Du skötte dig så bra. Det är faktiskt inte så stor skillnad på dig i dina olika tillstånd, förutom att du ska envisas med att gå på de där tråkiga promenaderna. Vad kommer det ifrån? Du vill väl aldrig ut och gå när du är redig?"

"Jag vet faktiskt inte. Det kanske är någon liten nerv som aktiveras och signalerar att det vore nyttigt att röra lite på sig?"

"Ja, du kan väl höra med doktor Tore. Han kanske kan svara på det. Sätt dig ner nu och ät. Henning har bakat piroger med kantareller som är jävligt goda. Vi har mycket att gå igenom sedan."

Kapitel 16

Det faktum att Dalias skolkamrat Richard Laestadius hade blivit förnedrad av den han så starkt avskytt och trakasserat, var naturligtvis en intressant uppgift. Dalia hade själv berättat hur Anders kommit till hennes hjälp och att det var vid just den händelsen som allt vände. Både Gustaf och Marie-Louise hade erfarenhet från rättegångar där framförallt män brukat våld efter att ha blivit förnedrade av sina mobboffer. Denne Richard hade aldrig varit misstänkt eller på något annat sätt figurerat i polisutredningen förutom att han blivit hörd som hastigast. När det nu framkommit att bilen som iakttagits vid brottstillfället tillhörde hans far, kom nu saken i ett annat läge. En kväll diskuterade de hur de skulle gå vidare. Gustaf som oftast brukade ta initiativ till samtalsämnen inledde med sin mörka stämma.

"Ja kära vänner, detta var ju intressant. Förvisso inte på något vis ett tydligt spår som vi ska ha för stora förhoppningar om, men ändå värt att noggrant gå till botten med. Frågan är bara hur?"

Han vände sig mot Wilhelm.

"Det här är väl ditt område?"

Wilhelm knep med ögonen och tänkte efter. Det här var definitivt hans område.

"Vi behöver DNA, så enkelt är det. En analys och vi har svar direkt."

"Det verkar ju enkelt" sa Jens och smuttade på sitt vin. "Men exakt hur får vi tag på det? Det kanske inte bara är att knacka på och be om att få topsa honom? Det skulle nog inte uppskattas."

Wilhelm skrattade.

"Det bör inte vara något större problem. Det finns många sätt och jag ska tänka ut något passande."

Marie-Louise som verkat något frånvarande, hade redan kommit längre i sina tankar.

"Om det nu visar sig att DNA från Richard matchar med hårstråt från ladan så ska vi inte tro att det räcker med det. Det finns alltid förklaringar till hur det kunnat hamna där. Advokaterna är experter på att hitta sådana."

Gustaf nickade.

"Ja, så är det. Det finns en övertro på att DNA är det ultimata beviset, men det har visat sig att så inte alltid är fallet. Det är en viktig pusselbit givetvis, men det krävs mycket mer."

Wilhelm höll med. Han hade själv varit med om att DNA från någon oskyldig hamnat där den inte alls hörde hemma.

"Hur som helst så ska vi fixa ett prov. Men först kanske vi ska ta reda på vad den där Richard Laestadius är för en filur."

Wilhelm vände sig mot Jens som genast förstod vart han ville komma.

"Okej, du vill att jag ska hacka honom?"

"Ja, om du kan? Vi har ju sett vad du är kapabel till. Går det att göra på distans eller måste du vara i närheten?"

Jens flinade. Att ta reda på vad folk gjorde på sina datorer var något som han tidigt lärt sig och nu behärskade helt. Hur skicklig han egentligen var, hade han aldrig låtit någon få veta. Det var både olagligt och oetiskt att hacka sig in i andras datorer även om det kunde vara oerhört spännande.

"Det går till viss del att göra på distans. Ge mig några timmar så ska jag berätta vem vi har att göra med."

Jens satt uppe halva natten framför datorn. Det räckte med att han googlat på namnet så fick han allt underlag som behövdes för en djupare undersökning. Till en början hade det varit ganska ointressanta uppgifter. En del porrsurfande på sajter han själv kände igen. Richard var inte särskild aktiv på sociala medier. Han tillbringade en del tid på Youtube där han oftast tittade på klipp om motorsport. En och annan glimt på Flashback rörande skvaller om brott begångna av utlänningar förekom också, men inget iögonfallande. Det var först när han börjat gräva djupare i vad som förekommit på IP-adressen som det började bli intressant.

Morgonen därpå var alla spända på vad Jens fått fram. Han ville inte säga något under frukosten utan ville att de skulle sitta i lugn och ro framför datorn när han berättade.

Frukosten avklarades i rask takt och snart satt alla bänkade framför datorn i Jens rum.

När han fått fram filen han sparat ner och tryckte fram den första bilden, ryggade alla tillbaka. Det var en hemsk bild av en lemlästad svart flicka. Förmodligen tagen i något afrikanskt land. Sedan följde flera foton på våldtäkter och övergrepp av unga och mestadels färgade flickor.

”Det här är vad man suttit och tittat på hos familjen Laestadius.”

Marie-Louise kände sig illa till mods. Visserligen hade hon sett många otäcka bilder från tiden som advokat och domare, men det här tog nog priset. Hon kände sig illamående.

”Men vad är det för fel på folk? Den här unga pojken måste ha haft en fruktansvärd uppväxt som föranlett ett intresse för något så vidrigt?”

”Ja, det kan man undra” sa Jens med sammanbiten min. ”Men nu är det inte pojken vi talar om utan hans far.”

De andra hajade till.

"Hans far! Men hur kan du veta det?"

"Det är inte så svårt om man vet hur man ska göra. Jag ska inte gå närmare in på det, men så är det. Ni får helt enkelt lita på mig."

"Det är klart att vi litar på dig" sa Marie-Louise med ett nästan skamset tonfall "men det gör inte domstolen. Den kräver konkret bevisning."

Jens skruvade på sig och verkade nästan lite besvärad.

"Ja jag fattar det, men först ska vi väl fortsätta gräva. Att någon sjuk människa gottat sig i makabra bilder, säger ju inte så mycket mer än att det är fel i huvudet på honom."

De övriga nickade instämmande. Gustaf Sundin tog fram ett anteckningsblock och rättade till sina glasögon.

"Hm... då har vi alltså följande fakta. En ung man vid namn Richard Laestadius som varit skolkamrat med Dalia. Han har en far som uppenbarligen är intresserad av sadistisk våldsporr. Företrädelsevis med unga svarta flickor i fokus. Han är även ägare till en bil av samma märke, årsmodell och färg som iakttagits i närheten av brottsplatsen vid tidpunkten för gärningen. Denne man har inte figurerat i utredningen och då får vi anta att det är ett spår som utredarna missat."

Jens tittade förundrat på Gustaf.

"Det där lät proffsigt. Du kan då låta formell så det förslår. Men skulle Dalia känna igen pappan? De har väl aldrig träffats?"

Marie-Louise spärrade upp ögonen som om hon sett något oväntat.

"Jo, det har de faktiskt. Nu kommer jag ihåg. Det var Dalias föräldrar som berättade att rektorn kallat till ett möte då det här bråket på skolan inträffat och Richards föräldrar var med. Där har vi kopplingen"

Gustaf antecknade i sin bok och räckte över den till Jens.

"Här har du lite mer att lägga in i databasen. Vad gör vi nu?"

Han vände sig mot Wilhelm som redan var långt inne i planeringen.

"Nu ska vi fixa DNA från karlsloken. Vad var det nu han hette?"

Jens knappade lite på datorn.

"Levi heter han. Levi Laestadius. Kan man heta så? Det låter som en frikyrkopastor eller nått?"

"Det är inte så konstigt" sa Marie-Louise och såg viktig ut. "Lars Levi Laestadius var en pastor som grundade en frikyrkoförsamling en gång i tiden. Det skulle inte förvåna mig om den här Levi är religiös också."

Wilhelm trummade med fingrarna i bordet. Han var ivrig att komma igång med planeringen för inhämtandet av DNA.

"Kan du Jens ta fram allt du hittar på karln så jag får lite att jobba med?"

Jens nickade och satte genast igång att knappa på datorn.

***

Levi Laestadius visade sig vara en ganska misslyckad figur. Han var hårt skuldsatt och hankade sig fram på olika småjobb och försörjningsstöd. Han bodde kvar i sin nedgångna tegelvilla från sextiotalet, några mil utanför Gnesta. Han och hustrun hade separerat några år tidigare och sonen Richard bodde växelvis hos de båda.

Några uppgifter om hans läggning eller udda intressen gick inte att få fram förutom att han laddat ner hemska bilder från Afrika. Misstanken att han tillhörde någon religiös sekt visade sig vara ogrundad. Det var hans föräldrar som varit aktivt religiösa och tagit efternamnet efter den pastor som Marie-Louise tidigare nämnt. Att de sedan döpt sonen till Levi, hade varit av ära till nämnde pastor.

Tydligen hade han författarambitioner men inga av hans alster hade väckt något större intresse. Han hade i egen regi gett ut några böcker, men de hade passerat spårlöst förbi i floran av alla böcker från okända författare.

Han fanns visserligen i polisregistret men bara för mindre förseelser som att ha urinerat på allmän plats samt ett fall av vårdslöshet i trafik då han missat högerregeln och krockat. Det borde funnits mycket mer att hämta, men Jens visste när han nått vägs ände och överlämnade sitt material till Wilhelm.

Det borde inte vara en oöverstiglig utmaning att få fram DNA från denne Levi. Egentligen skulle det räcka att bara ringa på och be om ett glas vatten, snubbla till och rycka ett hårstrå i farten. Men Wilhelm ville ha fram mer fakta och gärna se sig om i bostaden. Han tänkte på upplägget från polisstationen. Då de genom att skapa ett mindre kaos lyckades förvilla personalen så till den grad att han obemärkt kunnat ta sig in i arkivet och lägga beslag på slasken. Varför inte skapa ett liknande scenario nu?

Han grunnade på det i några timmar och vid eftermiddagsfikat berättade han om sin plan.

”Ni ska bli påskkärringar” sa Wilhelm.

De andra tittade på honom och såg ut som fågelholkar.

”Vad sa du?”

Wilhelm log inombords. Han hade förväntat sig denna reaktion.

”Jo, det är ju påsk om några dagar. Då ska vi besöka Levi Laestadius utklädda till påskkärringar.”

Marie-Louise tittade misstänksamt på Wilhelm för att se om han blivit förvirrad. Han förstod vad hon misstänkte och sprack upp i ett leende.

”Jag fattar vad ni tänker, men lyssna nu. Vi ska helt enkelt ringa på, presentera oss och tala om varifrån vi kommer. Vi säger att vi vill ta lite nya grepp om påsktraditionerna och på gamla dagar få återuppleva lite av barndomens upptåg, samtidig som vi gör lite nytta."

De andra såg fortfarande skeptiska ut.

"Jaha, och vad skulle denna nytta bestå i?"

"Vi samlar in pengar till fattigpensionärer exempelvis. Har ni något annat ändamål så går det bra att komma med förslag."

Jens tyckte att idén verkade rolig, men inte särskilt seriös. Gustav såg ytterst ogillande ut.

"Inte har då jag någon lust att klä ut och förnedra mig. Jag tycker att hela upplägget verkar löjligt."

"Ja, det är lite det som är meningen. Du Gustaf var inte med när vi var på polisstationen, men det var lite av samma stuk och resultatet blev lyckat. Att skapa förvirring och få offret att lägga fokus på något, lämnar fältet fritt för att se sig om och rota runt lite utan att bli misstänkliggjord. Förresten så tänkte jag inte att vi skulle klä ut och måla oss. Det räcker med lite färggranna fjädrar i hatten och lite rött på kinderna. Bara för att visa att det är påsk och att vi är oförargliga."

Idén började sakta landa hos de övriga. Gustaf fick berättat för sig hur de lyckats skapa en sådan förvirring på polisstationen att Wilhelm i lugn och ro kunnat få fram det material de var ute efter. Till slut hade han accepterat planen med förbehåll att han inte skulle behöva styra ut sig med en massa tingel tangel. Men han var fortfarande inte helt nöjd.

"Men vad händer om någon av oss faller ifrån under tiden vi är där?"

"Det är ingen fara. Då får de andra styra upp det hela. Dessutom har vi ju berättat vilka vi är och varifrån vi kommer, så det vore inte särskilt konstigt om någon skulle börja bete sig lite underligt. Eller hur? Det kanske rentav vore önskvärt?"

"Ja, det skulle onekligen bidra till att öka förvirringen. Bara det inte blir du. Vi andra vet ju inte riktigt vad vi ska leta efter."

Kapitel 17

Levi Laestadius satt framför datorn och kollade in vädret. Det såg ut att bli skapligt fast lite väl kallt för hans smak. Det var påskafton och grabben skulle vara hos sin mamma under påsklovet. Han hade åkt redan på skärtorsdagskvällen.

Något påskfirande skulle det inte bli. Levi hade inte särskilt många bekanta och de få släktingar som han kände någon samhörighet med, fanns i södra Småland och Skåne. Dessutom var han inte religiös av sig, namnet till trots. Det var hans djupt troende morföräldrar som en gång i tiden tagit namnet. Deras religiositet hade inte gått särskilt mycket i arv och nu några generationer senare fanns inget av detta kvar.

Han trivdes bra i sitt eget sällskap och tänkte tillbringa helgen med att försöka finna lite inspiration till det manus han så länge filat på, men som verkat gått i stå. Det hade inte blivit så mycket skrivande på sista tiden. Han hade efter lång tids arbetslöshet äntligen fått jobb. Visserligen inget välbetalt, men ändå ett riktigt jobb så att han slapp gå till socialen och förnedra sig när a-kassan var slut. Att rensa skräp och sopa trottoarer var kanske inte den ultimata utmaningen, men i väntan på förlagskontrakt fick det duga.

Han knäppte upp sin tredje folköl samtidigt som han slötittade lite på aftonbladet.se. Vardagsrumsfönstret speglade sig i dataskärmen och han såg hur något rörde sig på andra sidan gatan. När han vände sig om, såg han en samling människor som stod och pratade med grannen. Hans första tanke var att det var påskkärringar och att de hade sina föräldrar med sig. Det var ju helt naturligt då det var påskafton. Han fortsatte läsa, men vände sig på nytt när han inte riktigt fick ihop det han sett. Han gick fram till fönstret för att se bättre. Några barn såg han inte till. Det var bara gamla människor utstyrda med färggranna hönsfjädrar och rödmålade kinder. En av dem hade en lustig hatt på huvudet. Levi undrade vad de hade för sig. Att det hade något med påsken att göra var uppenbart, men att gamlingar skulle leka påskkärringar tyckte han verkade lite märkligt. Levi misstänkte att de skulle knacka på hos honom också så han skyndade sig att klä på sig. Han hade inte väntat sig något besök och satt fortfarande i bara kalsongerna.

Mycket riktigt så styrde snart sällskapet kosan mot hans dörr. Levi öppnade och gick ut på trappan. Han ville inte gärna ha in dem i huset.

Gustaf gick fram och sträckte ut sin hand. Trots att han varit den mest skeptiska till det hela, var det han som var mest utstyrd.

"God dag min bäste herre och Glad Påsk. Jag förstår att ni med viss misstänksamhet iakttager denna samling av äldre människor, men låt mig berätta om vårt syfte."

Levi tog i hand. Han kände sig inte på något vis misstänksam över att det var något lurt på gång, men det var onekligen en udda situation.

Gustaf fortsatte.

"Vi kommer från vårdhemmet Lyckelängan som du kanske känner till. Där bor människor med olika demensdiagnoser, men som i övrigt har allt de behöver. Alla gamla är inte lika lyckligt lottade som vi och är i behov av all hjälp och stöd de kan få. Det är till dem vi går och samlar in pengar i dag. Vi tänkte att vi ville göra någon nytta samtidigt som vi får lite frisk luft och får återuppleva barndomens fröjder på äldre dagar."

Levi kliade sig i sitt rufsiga hår.

"Ja, nu har jag själv inte så gott ställt men en tjuga skulle jag väl kunna bidra med."

Han letade i byxfickan och fick upp en skrynklig tjugokronorssedel som han räckte fram i hopp om att snabbt bli av med dem. Marie-Louise tog ett steg fram. Hon grinade illa och vred sig.

"Skulle det vara möjligt att få låna toaletten? Jag är ledsen att behöva besvära, men det är verkligen trängande."

Levi tvekade först, men att neka en gammal dam i trängande behov kändes inte särskilt bra.

"Jovisst, det går bra. Ibland har nöden ingen lag."

Han öppnade dörren och Marie-Louise stapplade upp för trappan och de övriga följde efter. Det var inget som Levi räknat med, men nu var det för sent att göra något åt det. Han visade kvinnan var toaletten fanns medan de andra traskade in i köket.

Levi visste inte riktigt vad han skulle säga, men efter en stund av pinsam tystnad small det till från toaletten och alla utom Wilhelm skyndade dit. Levi knackade försiktigt på dörren och frågade hur det stod till. Han fick till svar ett ynkligt jämmer och förstod att något allvarligt hänt. Han kände på dörren men den var låst.

"Vi måste försöka få upp dörren," sa Gustaf.

Under tiden hade Wilhelm börjat se sig om. Han visste vad han sökte och var han skulle leta. Det var inte första gången som han gjorde en husrannsakan, men nu var det under omständigheter som var lite annorlunda. Om det gick fel skulle det kunna få allvarliga konsekvenser.

Levi sprang ner i källaren för att hämta en skruvmejsel att lirka upp toadörren med. När han kom upp för trappan igen stötte han på Wilhelm som stod och tittade i bokhyllan.

"Vad håller du på med då?"

Wilhelm verkade bortkommen.

"Jag känner mig lite yr. Var är jag någonstans?"

Fattas bara det också, tänkte Levi och skyndade sig mot toaletten där de andra stod och trampade nervöst.

Han körde in skruvmejseln i låset och lyckades få upp det. Där inne stod Marie-Louise och lutade sig ner mot handfatet.

”Hur är det fatt? Har du gjort dig illa?”

”Nej, jag tror inte det. Jag råkade ramla men kom upp igen. Det är nog ingen fara. Nu måste jag få uträtta mina behov. Kan ni vara så vänlig att stänga dörren.”

Levi stängde och vände sig mot de andra.

”Det var väl tur att det inte var värre. Jag blev riktigt orolig ett tag. Ska vi gå och sätta oss i köket tills hon är klar?”

Jens kände på dörren som var låst.

”Det kanske är bäst att vi väntar här så att hon inte ramlar igen. Det är inte första gången det händer och det är bäst att vara beredd.”

Levi tyckte det var konstigt att vårdhemmet tillåtit att de själva skulle få gå runt och härja som de gjorde. Med tanke på deras tillstånd borde de åtminstone ha haft någon ur personalen med sig.

”Vad tycker personalen om att ni själva beger er ut på sådana här utflykter?”

Gustaf såg lite skamsen ut.

”Till saken hör att vi faktiskt inte bett om lov. Vi har ganska stor frihet och konstigt vore det väl annars, så mycket som vi betalar för detta boende.”

Levi såg sig omkring.

”Var är den fjärde mannen? Jag mötte honom när jag kom upp från källaren och han sa att han var lite yr. Kanske bäst att jag tittar till honom?”

I samma ögonblick hördes ett skrik från toaletten. Levi fumlade med skruvmejseln i låset igen och ryckte upp dörren. Där stod Marie-Louise på knä och tittade ner i wc-stolen. Hon vände sig om med rödgråtna ögon.

"Jag tappade mitt guldarmband som jag fick av min man när vi firade vår fyrtionde bröllopsdag."

Det här kan inte vara sant! Fattas bara att kärringen skitit också, tänkte Levi och gick in för att se efter.

"Du har väl inte spolat?"

"Nej, men jag kan inte se det."

På golvet bredvid stolen låg något som blänkte. Levi tog upp armbandet och drog en lättnadens suck.

"Här har vi det. Du tappade det på golvet som tur var. Är du färdig?"

"Inte riktigt. Ge mig några minuter till bara."

Wilhelm hade tagit åtskilliga bilder på sådant som skulle kunna vara till nytta. Han hade gått igenom skrivbordslådor och rotat bland dokument. Han hade även letat på ställen där han av erfarenhet visste att det brukade gömmas saker som inte var till allmän beskådan. Något uppseendeväckande hade han inte funnit, men samlat tillräckligt med objekt för att kunna genomföra en säker DNA-analys. Det han hoppats på i form av spår som kunde härledas till Levis sjuka intressen, hade inte gett resultat. Nu började han känna att tiden runnit i väg och att det nog var dags att avsluta. Han gick fram till hallen där de övriga stod och väntade på att Marie-Louise skulle bli klar.

"Jaså, där är ni. Jag undrade just var ni tagit vägen."

I samma ögonblick spolade det på toaletten och strax därpå kom Marie-Louise ut med ett belåtet leende på läpparna. Hon tog ett stadigt grepp om Levis hand och skakade den länge.

"Jag är så tacksam att ni visat sådan vänlighet, och förlåt så mycket för allt besvär jag har ställt till med."

Levi nickade och log ansträngt. Måtte nu bara ingen mer bli skitnödig, tänkte han.

Alla övriga i sällskapet tog i hand och tackade för vänligheten, varefter de skyndade sig ut. Levi tittade i fönstret efter dem en lång stund innan de försvann.

Taxin stod och väntade en bit bort. De satte sig under tystnad och väntade på att Wilhelm skulle säga något. De var mycket nyfikna på vad han gjort för fynd. Han kände pressen men ville inte prata när taxichauffören hörde på.

"Vi tar det när vi kommer hem. Om ni nu kan vänta så länge?

Väl hemma och efter en välbehövlig kopp kaffe, redovisade Wilhelm sina fynd. Det verkade inte vara något som i hastigt påseende kunde föra utredningen vidare. Det skulle krävas en djupare analys av alla foton han tagit. I alla fall så fanns tillräckligt för att göra en säker DNA-analys. Wilhelm sträckte över en plastpåse till Gustaf.

"En snuskudde, en hårtosa och en tandborste. Det borde väl räcka?"

Gustaf granskade innehållet i påsen.

"Det räcker alldeles utmärkt."

"Har du tagit hans tandborste?" utbrast Marie-Louise förvånat. "Var hittade du den? Jag var ju på toaletten hela tiden."

Wilhelm skrattade.

"Ja, och där var du med den äran. Ett skickligt skådespel må jag säga. Inte ens Greta Garbo skulle kunnat gjort det bättre. Nej, tandborsten låg faktiskt i sopkorgen."

Kapitel 18

Besöket hos Levi hade inte gett så mycket som de hoppats på. Misstankarna var fortfarande starka, men inte något i huset hade fört utredningen framåt. Förutom då förhoppningsvis DNA-analysen de väntade på. Den skulle vara helt avgörande och alla väntade med spänning på beskedet från Gustafs kontakt. Marie-Louise var fullständig säker på att de var rätt ute. Men både Wilhelm och Gustaf hade så smått börjat tvivla. Jens visste inte vad han skulle tro. Men blev övertygad när han några dagar efter besöket hittade något intressant på internet. Han kallade samman de andra för att berätta vad han upptäckt.

"Kolla här vad jag av en händelse fick se."

Han öppnade en sida innehållande samma typ av hemska bilder som han funnit i Levi Laestadius webbhistorik. Bilder på lemlästade unga afrikanska flickor och pojkar.

"Det finns en nyutgiven bok som heter Folkmordet i Rwanda. En betraktelse av ondska och handlar om den etiska konflikten mellan tutsier och hutuer på nittiotalet. Inte från något av de större förlagen utan ett litet självutgivningsförlag. Författaren heter Lars Levin."

De såg frågande på varandra.

"Okej, det är samma slags bilder, men vad har det med Levi att göra?"

"Jo, det är så att Lars Levin är en pseudonym och författaren till boken heter egentligen Levi Laestadius. Han har skrivit ett antal böcker, men ingen som uppmärksammats på något vis. Den här boken har precis kommit ut och jag hittade det här materialet i tidningen Sörmlandsbygdens arkiv. Inget som de

skrivit om, men tydligen är det inskickat av Levi för att
tidningen skulle uppmärksamma hans bok.”

Wilhelm blev förvånad.

”Men hur har vi kunnat missa det? Hur fick du reda på detta?”

”Jag satt och sökte på Levi Laestadius för att se så jag inte
missat något och så dök en koppling till Lars Levin upp. Jag
följde upp det och då började allt falla på plats. Det betyder att
han haft giltiga skäl att titta på den här typen av bilder och
förmodligen inte haft några grumliga avsikter alls.”

Marie-Louise grinade illa och dolde inte hur besviken hon var.

”Det må så vara, men faktum kvarstår att hans bil figurerat på
brottsplatsen och bara för att han skrivit en bok behöver inte
det betyda att han inte skulle vara en sadist.”

Wilhelm nickade.

”Det är sant, men det tar onekligen udden av de misstankar vi
tidigare haft. Men vi får väl se vad DNA-provet säger. Det blir
nu helt avgörande.”

Beskedet från Gustafs kontakt kom efter två veckor. Det visade
sig vara som de redan misstänkt. Det matchade inte hårstråt
från ladan.

För att vara hundraprocentigt säkra, försökte de nu få klarhet i
varför Levis bil funnits i närheten av brottsplatsen vid
tidpunkten för mordet. Det blev ett tidsödande arbete, men
med lite nya infallsvinklar kom de till slut fram till ett resultat.
Mycket riktig var det Levis bil som setts och han hade varit i
trakten. Men hans ärende hade varit att titta på en begagnad
bil som han hittat på Blocket och som han hade för avsikt att
köpa till sin son som snart skulle få körkort.

Den lilla gnista av hopp som hållit dem vid gott mod började
sakta slockna. De hade så starkt trott på sin utredning och att

de varit mördaren på spåret. Nu såg de allt arbete flyga bort till ingen nytta och att börja om från början igen kändes tungt.

De tröstade sig med en extra flaska vin till kvällen. Uppgivenheten var påtaglig, men Jens försökte hålla humöret uppe.

"Nej hörni, nu ska vi inte tappa sugen. Vi fick i alla fall Anders frikänd och det är ju en tröst, om än liten."

Wilhelm suckade.

"Jag vet inte om det är så mycket till tröst. Om vi inte hade fått till en resning kanske Anders varit i livet nu. Det var väl ett ödets ironi att han skulle ta kål på sig strax efter att han blev rentvådd. "

De övriga nickade instämmande.

"Det är klart att det känns för jävligt att Anders inte fullt ut blev betraktad som oskyldig i folks ögon. Men så är det med rättvisan. Att spekulera i hur livet skulle ha utvecklat sig om man gjort andra val är meningslöst. Det är ju något som man rimligtvis inte kan ha en aning om."

Gustaf Sundin hade tänkt mycket på konsekvensen som blev i och med resningen. Det var mycket sorgligt och han ångrade ibland att han engagerat sig. Han kunde i stället ha tillbringat sina dagar med något lättsamt. Men skulle det ha varit bättre? Nu hade han fått goda vänner, en meningsfull sysselsättning och kämpade för något som var viktigt. Det är få som får den möjligheten så kort tid innan de ska lämna jordelivet. Att det sedan händer tråkiga saker kan man inte hjälpa. Alla visste vad som väntade bakom hörnet och att bara sitta av tiden fram till dess, var inte en lockande tanke. Han visste att de andra kände på samma sätt för det hade de pratat om. Han drack upp vinet och hällde upp på nytt.

"Jag föreslår att vi lägger ner för några dagar. Bara tar det lugnt och rensar våra hjärnor från allt som hänt. Sedan tar vi oss samman och gör en sista ansträngning att hitta gärningsmannen. Det är en uppgift vi tagit på oss och något som vi är skyldiga både Dalia och Anders."

De övriga tömde sina glas, reste sig och begav sig på något ostadiga ben till sina respektive rum. Marie-Louise pussade Wilhelm på kinden.

"I natt sover jag i mitt rum så får du snarka bäst du vill."

Wilhelm såg ömt på henne. Det var en fröjd att så sent i livet funnit någon att hålla av och som fått saknaden efter Sofia att sakta blekna. Inte för att han glömt Sofia. Saknaden fanns fortfarande kvar, men nu var den inte lika smärtsam längre.

****

Det var lättare sagt än gjort att rensa tankarna. För de andra verkade det gå lättare, men Wilhelm hade svårt att släppa det som hänt. Han försökte läsa lite, se på tv och det hjälpte för stunden. Men då och då kom malandet i huvudet tillbaka. Varför hade de gjort si eller så och vad hade hänt om de agerat på ett annat sätt? Marie-Louise såg hur det var fatt och försökte hjälpa till så gott hon kunde. Det var en tröst, men han kände också att han ville vara för sig själv. Ensamhet var inte alltid av ondo utan kunde ibland vara nyttigt.

En morgon när Wilhelm vaknade hade han en konstig känsla. Det kändes inte som vanligt. Han hade sovit oroligt och vaknat flera gånger av underliga drömmar. Han tittade på sin mobil för att se så att han inte varit frånvarande i flera dagar, vilket hänt några gånger. Så var inte fallet den här gången. Han hade sin lilla ramsa som han brukade rabbla för att kontrollera att allt var som det skulle i huvudet. Det var namnen på de som stod honom närmast och platser han besökt. Allt verkade vara okej. Så upptäckte han något förbryllande. Det var minnen som länge varit dolda. Han kom ihåg ljudet från granaterna som slog in i deras hus när de satt och tryckte i ett hörn i källaren. Hur taket rasade in och han blev liggande fastklämd under en hög med bråte. Hur ryssarna efter flera dagar hörde hans gnyende och lyckades gräva fram honom. Det var sådant som han fått berättat för sig, men aldrig upplevt på det här viset. Han var bara tre år och rimligtvis borde han inte komma ihåg någonting alls. Men nu kunde han återuppleva det. Inte bara fragment utan klart och tydligt. Det var en skrämmande känsla. Ångesten kom tillbaka och han började kallsvettas.

Ju mer han tänkte, desto mer kom han ihåg. Tidigare mindes han bara fragment från tiden då han började skolan, men nu märkte han att det inte längre bara var fragment. Det blev plötsligt så klart och tydligt alltsammans.

Vid frukosten berättade han för de andra om sin upplevelse.

"Det var märkligt, sa Gustaf och kliade sig i huvudet. Själv kommer jag inte ihåg ett dugg från då jag var liten. Första minnet jag erinrar mig är nog från tioårsåldern. Allt före det är bara en grå massa. Tror du inte det kan vara så att du bara kommer ihåg sådant som man berättat för dig?"

"Jo, det är ju det mest logiska, men jag minns också händelser som ingen annan känner till. Saker jag upplevde då jag var ensam."

Marie-Louise titta på honom och tyckte sig se en förändring.

"Hur känner du dig egentligen? Du är inte yr eller så?"

"Nej, jag känner mig precis som vanligt. Faktiskt lite piggare än jag brukar."

"Hur som helst bör du nog be Tore att undersöka dig för säkerhets skull."

Wilhelm tyckte inte det verkade nödvändig med någon läkarundersökning, men samtidigt var han nyfiken på vad som var orsaken till hans förändrade tillstånd.

Doktor Tore lyssnade allvarligt på Wilhelms berättelse om hur han plötsligt kommit ihåg händelser från sin tidiga barndom. Han kände väl igen symtomen och det gjorde honom inte särskilt glad.

"Ja du Wilhelm, jag vet inte hur jag ska säga det här, men det är en ganska naturlig del i din sjukdomsbild och en föraning om vad som är på gång."

Wilhelm kände en klump i magen. Han förstod av Tores tonfall och allvarsamma blick att det inte var något positivt det som skett.

"Säg bara som det är, det tål jag."

Tore bläddrade i hans journal.

"Det är ganska vanligt när sjukdomen tar ett steg fram. Det börjar med ett förbättrat långtidsminne följt av att korttidsminnet börjar ge vika. Har du märkt att du har svårare att minnas saker som hänt nyligen?"

Wilhelm tänkte efter.

"Nej, det kan jag inte påstå. Men nu kände jag det här först i morse och det har väl inte hunnit hända så mycket sedan dess."

"Det brukar ta några veckor eller högst några månader. Men att det händer är oundvikligt. Hur som helst så har ni ju uppmanat mig att vara rak och ärlig, så då kommer jag att vara det. Du är på väg in i näst sista stadiet vilket innebär att du successivt börjar tappa närminnet. Om högst ett halvår kommer du att vara oförmögen att tänka överhuvudtaget och sedan är det inte långt kvar tills du hamnar på den andra avdelningen."

"Grönsaksförvaringen menar du."

"Ja jag vet att ni kallar den så, men det är inte så illa som det låter. Det är många som legat där och haft en bra sista tid."

"Det kan så vara, men de som ligger och skriker, fräser och viftar med armarna. Kallar du det för en bra tid?

"Det vet jag inte, men det är långt ifrån alla som har det på det viset. Vi får helt enkelt hoppas på det bästa för din del. Det är inget annat vi kan göra. Har du något viktigt att slutföra, så gör det nu innan det är för sent."

Wilhelm visste inte vad han kände. Han var väl medveten över sin situation och hade under lång tid förberett sig mentalt på vad som oundvikligen skulle ske. Men nu var det så påtagligt och nära. Skulle han ge upp nu och bara försöka ha det så trivsamt och bekvämt som möjligt den sista tiden, eller skulle han slutföra det uppdrag han tagit på sig?

När Marie-Louise, Jens och Gustaf fick ta del av vad doktor Tore hade sagt blev de mycket ledsna. Beskedet kom ju inte precis som någon överraskning men det kändes ändå tungt. Wilhelm hade tänkt en hel del innan han berättade och var nu fast beslutsam över hur han ville ta vara på återstoden av tiden.

"Ett halvår på sin höjd, det var vad han sa vår käre Tore. Jag tänker fan i mig inte sitta och vänta. Den jäveln som mördade Dalia och indirekt orsakade Anders död ska i fängelse, så sant jag lever.

De övriga smittades av Wilhelms beslutsamhet och kom överens om att göra sitt yttersta för att försöka lösa fallet.

Kapitel 19

Det var som om ny näring tillförts gruppen. Wilhelm hade skakat av sig alla tankar på framtiden och var nu fullt fokuserad på uppdraget de åtagit sig. Ännu kunde han inte märka av någon försämring av korttidsminnet även om han stundtals försvann in i dimman precis som tidigare. Han kände en allt starkare drivkraft och upplevde att hälsan och förmågan snarare gick åt det positiva hållet än det som förväntades.

De övriga blev taggade av Wilhelms målmedvetenhet och snart bedrevs utredningen med ny kraft. Allt material de samlat på sig gicks igenom från början till slut och nya fakta lades till.

Jens hade ytterligare förbättrat sina program och kunde nu lägga in sannolikhetskalkyler som visade tänkbara skeenden och som också kunde beräkna trovärdigheten i olika påståenden.

Wilhelm, Gustaf och Marie-Louise trakasserade sina gamla kontakter från yrkeslivet och lyckades till slut väcka så stort intresse att fler och fler engagerade sig för att få fram de uppgifter som efterfrågades.

Snart hade de kartlagt alla liknande fall i hela Skandinavien de senaste tjugo åren. Sakta började ett mönster skönjas i den uppsjö av uppgifter de samlat på sig.

Först var det bara en massa fakta som inte verkade ha något samband. Men snart blev det allt mer sammanhängande och till slut alldeles tydligt.

Det var en mäktig känsla när de kunde sammanfatta veckor av hårt arbete och se en profil av en förmodad gärningsman. Hur han agerat i flera fall, var han förmodades höra hemma och vad som drev honom att agera på detta fruktansvärda sätt.

Marie-Louise suckade tungt och skakade på huvudet.

"Hur kan man bli sådan? Det måste ju vara något allvarligt fel i hjärnan och det kan väl inte vara guds mening att sådana ska finnas?"

Wilhelm nickade instämmande.

"Mycket elände började när de tömde mentalsjukhusen på åttio och nittiotalet och fick för sig att alla dårar skulle vara ute i samhället."

Marie-Louise spände blicken i Wilhelm.

"Nu svävar nog tankarna lite väl hastigt hördu. Vår man har förmodligen aldrig suttit på institution och det som hände på mentalsjukhusen tidigare, är nog inget vi ska vara stolta över."

"Det var inte så jag menade. Det var bara en reflektion över vad som hände då. Jag tror att merparten av alla bestialiska våldsbrott som skedde på nittiotalet, utfördes av före detta mentalpatienter. Om de fått vara kvar på sina anstalter hade mycket gått att undvika."

"Jo jag vet det, men jag hade en anhörig som satt på Sundby, så jag har lite inblick i hur det gick till. Det är därför jag tycker det är bra att de lade ner skiten. De som begår brott ska naturligtvis sitta inspärrade, men inte tillsammans med alla de som bara mår psykiskt dåligt men inte är farliga för allmänheten."

Gustaf harklade sig.

"Ja, det där kan man diskutera länge om men det hjälper inte oss. Nu har vi annat att fokusera på. Det är nog inte läge att slå sig allt för mycket för bröstet bara för att vi lyckats få fram en gärningsmannaprofil som verkar trovärdig. Nu gäller det att fortsätta och inte tappa fart."

Wilhelm ville inte gärna munhuggas med Marie-Louise. Det var strider som inte kunde vinnas, det hade han fått erfara vid flera tillfällen. Med Sofia hade det varit annorlunda. Vad han kunde minnas så var det få tillfällen de hade haft olika åsikter. De gräl som varit kunde räknas på ena handens fingrar. Kanske var Sofia den typen som alltid fogade sig? Så hade han aldrig sett på saken förut, men med nya perspektiv kunde han nog inse att det varit så. Marie-Louise var raka motsatsen. Inte för ett ögonblick kunde hon ge sig i en diskussion. Om något låg henne extra varmt om hjärtat, hade hon en högre växel att lägga i. Det hade varit lite jobbigt i början, men snart hade han vant sig och kunde till och med finna en viss tjusning i hennes beslutsamhet.

Jens skrollade fram och tillbaka bland olika dokument. Han hade sorterat och ordnat dömda våldsverkare så att det tydligt framgick var de befunnit sig vid brottstillfället. Många hade alibi då de suttit inlåsta, men ett antal var aktuella för närmare granskning. Några få stämde väl in på gärningsmannaprofilen. Även misstänkta som friats i domstol fanns med i utredningen. Alla visste mycket väl att många av dem var skyldiga men att bevisläget hade varit för tunt.

Gustaf och Marie-Louise studerade utskrifterna väldigt noggrant. De gjorde sin bedömning varefter Wilhelm fick göra sin egen. Med den samlade erfarenheten från alla år inom rättsväsende hade de till slut en lista på tre tänkbara gärningsmän. Två av dessa hade tidigt avfärdats i polisutredningen och en av dem var extra intressant.

Det var en medelålders före detta läkare som blivit dömd och suttit fyra år i fängelse för våldtäkt och misshandel av en ung färgad flicka. Han hade blivit frigiven några månader innan mordet på Dalia och var bosatt i närområdet. Han hade visserligen förhörts, men avskrivits tidigt då han haft alibi.

***

Douglas Hammerstein hörde om mordet på ekot. Genast förstod han att han skulle få besök av polisen. Nyligen hade han blivit frisläppt från Hällbyanstalten efter fyra helvetiska år. Visst hade han varit skyldig och blivit rättvist dömd, men straffet stod inte alls i proportion till gärningen enligt hans mening. Visserligen hade han brukat ett milt våld för att få sin vilja igenom. Men den lilla slynan hade överdrivit något så kopiöst i rätten. Hennes krokodiltårar hade påverkat nämndemän och domare i så hög grad att straffet förmodligen blev dubbelt så långt som det borde ha blivit.

Ja visst, han hade gjort det. Men det skulle aldrig ha behövt gå så långt om hon inte varit så girig. Det var inte första gången han legat med henne, horan från Nigeria som visserligen hade åldern inne men såg ut som fjorton. Han hade upptäckt henne på en eskortsajt och genast blivit intresserad. Till en början hade allt varit frid och fröjd och de tvåtusen spänn hon ville ha för en timme hade varit väl värda. Efter att de träffats några gånger, började hon trilskas och krävt mer betalt med hot om att berätta för hans fru. Då brast det och han gav henne några lättare slag så att hon blev foglig igen. Dagen därpå hade polisen kommit och sedan var det kört.

Nu hade han varit ute i några månader, utan fru och utan jobb och med ungar som tagit avstånd och inte ville ha med honom att göra. Så typiskt att detta skulle ske just nu och just här.

Precis som väntat hade polisen kommit strax efter mordet. Han utsattes för intensiva förhör, men polisen lyckade inte slå hål på hans alibi och han släpptes kort därpå.

Wilhelm och Marie-Louise hade kontrollerat hans alibi in i minsta detalj. Att polisen hade accepterat det var i och för sig inte så konstigt. Det verkade till ytan vattentätt. Men om man grävde lite djupare så fanns där luckor av påståenden som inte självklart kunde avfärdas som utredda. Han hade påstått sig vara på besök hos en släkting i Norrköping vid tidpunkten för mordet, vilket denne också bekräftat. Men när man tittade lite närmare på denne släkting, visade det sig att släktskapet bestod i sysslingskap. Detta bidrog till att lyfta tanken och ställa sig frågan om detta verkligen var trovärdigt. Jens hade fått i uppgift att kartlägga släktingens bankkonton och då hade det visat sig att en större summa pengar kommit in strax efter mordet. Var pengarna kommit ifrån gick inte att få fram då de var insatta som kontanter av honom själv, men det var något som borde undersökas och det hade inte polisen gjort. Jens hade också sett att Douglas Hammerstein hade gjort stora uttag från sitt bankkonto. Mycket hade gått åt till skadeståndet till den drabbade flickan, men han hade varit ganska tät och det återstod en hel del efter skilsmässan. Inget uttag hade motsvarat släktingens insättning, men det räckte i alla fall för att väcka misstankar om vad som skett.

Det blev i alla fall bestämt att släktingen borde undersökas närmare för att försöka ta reda på var pengarna kommit från. Att det var en muta för att ge Douglas Hammerstein ett vattentätt alibi, var ingen orimlig gissning.

Efterforskningarna visade att släktingen inte på något vis varit aktiv på några sociala medier och datoranvändningen bestod endast i bankärenden och återkommande aktivitet på svenskaspel.se. Jens fick en ingivelse och lyckades hacka sig in på hans spelkonto. Där fanns en lång historik av insättningar och uttag, men ingen vinst som motsvarade summan som han hade fått insatt på sitt bankkonto. När han berättade för de övriga om sina iakttagelser, fick han en oväntad reaktion av Marie-Louise.

”Det begriper du väl att om man har ett konto på en spelssajt så sker överföringarna via bank. Sa du inte att det var en kontantinsättning?”

Jens nickade lite förvånat.

”Jo det var det, men...”

”Ja, då är det väl självklart att det inte kom från en spelvinst på nätet. Vi har inte tid med onödigt arbete nu. Du kan fråga oss andra innan du tar egna initiativ.”

Jens tittade förvånat på Wilhelm som ryckte på axlarna och log lite ansträngt. När de blev ensamma pratade de om saken. Jens tyckte att det kändes lite kymigt att bli så bryskt tillrättavisad av någon han ansåg vara en god vän.

”Vad är det frågan om? Varför blev hon så arg?”

Wilhelm lade armen om hans axel.

"Bry dig inte så mycket om det. Du vet att hon är en snäll och omtänksam människa. Att sjukdomen kommer att förändra oss alla en dag är något du måste acceptera. Du kommer att märka det också på mig och Gustaf tids nog, men försök att bortse från det och se oss bara från våra ljusa sidor. Innerst inne vet du att vi alla respekterar och håller av dig väldigt mycket."

Jens suckade. Han var lite yngre än de andra och hade svårt att ta till sig tanken på att allt snart skulle ta sin ände.

Kapitel 20

Douglas Hammerstein blev utan hans kännedom utsatt för en intensiv granskning. Det som kom fram var inga trevliga uppgifter och att han suttit fyra år bakom galler var nog i kortaste laget tyckte alla. Även sysslingen som gett honom alibi synades ordentligt i sömmarna. Den större summa pengar som satts in på hans konto strax efter mordet visade sig komma från en bilförsäljning. Douglas Hammerstein avskrevs som skyldig till gruppens stora förtret. De hade gärna sett att han fått tillbringa resten av sitt liv bakom galler, men i det här fallet hade polisen varit rätt ute.

Näste man på listan var en gästarbetare från Lettland som bodde och arbetade i närområdet. Han hade visserligen ingen bil av den sort som figurerat i utredningen. Men det faktum att han förekommit i två tidigare våldtäktsfall utan att bli dömd, gjorde att han i hög grad var misstänkt. I hans fall fanns inte mycket att hämta på nätet då han inte hade någon dator och endast en mobil av äldre modell. I stället djupanalyserades utskrifter från polisförhör och vittnesutsagor. Kartläggningen av hans bakgrund i Baltikum gav inte mer än några kortare domar för stöld och fylleri och hans alibi vid mordtillfället visade sig också vara vattentätt.

Wilhelm började känna sig uppgiven. Hur mycket de än jobbade så kom de ingen vart. Det var ett steg fram och två tillbaka hela tiden kändes det som. Hans tidigare entusiasm började sakta övergå till misströstan och det smittade av sig till de andra.

Nu fanns bara en kvar på listan över huvudmisstänkta. En som Wilhelm inte trodde särskilt mycket på till skillnad mot Marie-Louise och Gustaf. Det mesta stämde. Bilen, lokaliseringen, bakgrunden och ett tunt alibi. Både Gustaf och Marie-Louise lade ner mycket tid på att kartlägga hans förehavanden och Jens hade fått fram mer fakta över nätet än tidigare. Wilhelm hade studerat videoupptagningar från förhören och var tämligen säker på att det inte var rätt man. Han hade gjort några fruktlösa försök att övertyga de övriga om att de var fel ute, men utan resultat.

Mannen i fråga hette Matti Toivonen. En vaneförbrytare som suttit inne åtskilliga gånger för misshandel och grov kvinnofridskränkning. Hans nätvanor visade på en väldigt störd hjärna som frossade i våldsporr av grövsta slag.

Wilhelm önskade av hela sitt hjärta att hans intuition skulle vara fel denna gång, men innerst inne visste han att så inte var fallet. Han försökte hålla god min och deltog efter bästa förmåga i arbetet tillsammans med de övriga.

Gustaf och Marie-Louise blev mer och mer övertygande, men Jens började vackla. Om det var under påverkan av Wilhelm eller av egen ingivelse visste han inte, men han hade sett saker som fått honom att tvivla. Att man hade olika åsikter i gruppen var inget nytt, fast den här gången var motsättningarna djupare än tidigare. Det föll sig naturligt att ta upp ämnet under en kvällsträff.

Marie-Louise var den som tog initiativ.

”Jag förstår att det känns jobbig för dig Wilhelm att du inte finner tilltro för min och Gustafs teori, men du ser väl för i helvete att det finns substans i vårt resonemang. Du måste vara blind om du inte ser det vi ser.”

Wilhelm harklade sig. Han letade febrilt efter ord.

”Som jag berättat förut så lärde jag mig en teknik under min tid i DDR som byggde på hur folk reagerade under förhör och hur det gick all läsa av deras ögonrörelser för att se om de talade sanning.”

Gustaf harklade sig och tog en klunk vin.

”Jo, det där har vi ju hört.”

”I alla fall så var det något som jag med tiden blev erkänt bra
på och ofta utnyttjade i mitt yrke. När jag nu studerat Matti
Toivonens kroppsspråk och ögonrörelser kan jag med största
sannolikhet säga att han inte är rätt man.”

Marie-Louise suckade och vände sig mot Jens.

”Vad säger du?”

Jens skruvade på sig. Tidigare hade de alltid varit överens och
de få tillfällen som olika meningar stått emot varandra hade det
alltid löst sig på ett smidigt sätt. Nu kändes det som om de
kommit till ett vägskäl.

”Ja, vad ska jag säga? Ärligt talat så vet jag inte. De argument
och fakta som du och Gustaf lagt fram väger naturligtvis tungt
och ingen skulle vara gladare än jag om ni hade rätt. Men
säker är jag inte.”

Gustaf hade inte sagt så mycket och verkade lite frånvarande.
Han som vanligtvis var så deltagande i utredningen och alltid
hade kloka och tänkvärda saker att säga satt nu mest som en
ointresserad åhörare med tankarna på annat håll. Det gjorde
Marie-Louise lite irriterad. Hon puffade honom hårt i sidan.

”Hörru! Vad är det med dig? Du är väl inte sjuk?”

Gustaf tittade upp, röd i ansiktet och med glansiga ögon.

”Håll käften din jävla sladdertacka. Du snackar så mycket skit
att öronen knögglar ihop sig. Ful är du också med dina
grisögon och ditt rynkiga ansikte.”

Genast förstod de vad som hänt. Det var inte ofta det skedde,
men det var alltid lika tråkigt. På Gustafs inrådan hade de
kommit överens om att kalla på personal när det inträffade, så
Jens gick iväg för att säga till. Under tiden satt Marie-Louise
och Wilhelm tysta medan Gustaf spydde galla över allt och alla.
Han spände blicken i Wilhelm.

"Du din tyskjävel som sitter och flinar. Dig skulle de ha ställt till svars under Nürnbergprocessen Du var säkert nazist som alla andra tyskjävlar."

"Jag var tre år när kriget tog slut och inte särskilt politiskt medveten."

"Det där hittar du bara på. Du var nog med och kastade in cyanid i gaskamrarna."

Wilhelm suckade tungt. Han visste att det inte var någon idé att svara och att allt skulle vara annorlunda i morgon. Han hade lust att rätta honom angående cyaniden, att det var cyklon B som nazisterna använt i gaskamrarna. Men han höll tyst.

Personalen kom genast till undsättning och ledde Gustaf vänligt men bestämt till hans rum. Wilhelm såg på Marie-Louise att hon tagit illa vid sig av det Gustaf sagt. Kanske inte så mycket av orden utan snarare av att se en sådan fin människa förvandlas till en helt annan.

Marie-Louise suckade tungt.

"Hoppas att det är över i morgon. Det brukar bara hålla i sig en kortare stund. Om det blir ett permanent tillstånd vet jag inte vad vi ska ta oss till."

Wilhelm nickade.

"Det blir nog bra. I morgon är allt som vanligt igen och då är det bara att ta nya tag. Nu är jag faktiskt lite trött så jag går nog och vilar en stund."

Marie-Louise strök honom på armen.

"Vill du ha sällskap eller tycker du också att jag har grisögon och är rynkig?"

Wilhelm log sitt bredaste leende.

"Nej, du är fin som ett moget rosé. Lite väl syrlig ibland men det ger bara karaktär."

Hon gav honom en låtsasörfil innan de tillsammans hand i hand gick till hans rum.

Jens stannade kvar och drack upp det sista ur vinflaskan. Han grunnade på det som framkommit under dagens arbete. Douglas Hammerstein och lettländaren var fullständigt avskrivna och vad beträffade Matti Toivonen så lutade det åt att han också var oskyldig, även om han hade mycket annat på sitt samvete.

Jens tog upp sitt anteckningsblock och skrev ner några stödord som dök upp i hans medvetande. Oftast var det formler och matematiska uträkningar som brukade röra sig i hans hjärna, men allt oftare började det dyka upp andra typer av tankar som rörde runt bland alla ettor och nollor. Den typen av tankar hade blivit fler på sista tiden och han kunde inte undgå att fundera över om det hade med hans hjärntumör att göra. Att det tids nog skulle hända något var han förberedd på och hoppades bara att han själv skulle vara medveten om vad som hände. Att han skulle bli som Gustaf i sina värsta stunder var en tanke som skrämde honom. Men det kunde lika gärna gå åt andra hållet.

Morgonen därpå var allt som vanligt igen. Gustaf var på ett strålande humör och skojade vilt med personalen vid frukostbordet. Han tog i så att de övriga vek sig av skratt. Tydligen kom han inte ihåg något alls från kvällen innan och ingen tyckte det var nödvändigt att berätta för honom. Det hade bara förstört den muntra stämningen.

Ulla kom fram och satte sig. Hon var intresserad av hur det gick med utredningen. Wilhelm berättade kortfattat att de avskrivit en efter en och nu fanns bara en huvudmisstänkt kvar. Skulle han också bli avförd så var det bara att börja om från början igen.

”Vad är känslan då? Tror ni det är han?”

Wilhelm såg på Marie-Louise och Gustaf.

"För egen del är jag tveksam, men vi får se. Vi väntar på uppgifter från Strängnäs och när vi får dem kan vi nog säga om spåret är något värt."

"Vad är det för slags upplysningar?"

"Det handlar om hans alibi som polisen godtog men som vi tyckte var väl tunt. Om det visar sig att det håller kan vi med säkerhet säga att han inte hade med mordet att göra."

Uppgifterna från Strängnäs kom strax efter lunch. Matti Toivonen kunde omöjligt ha befunnit sig på mordplatsen vid den tidpunkten. För Marie-Louise och Gustaf kom beskedet som en chock. För Wilhelm gjorde det inte så stor skillnad. Han hade varit tämligen säker på sin sak. Jens visste inte vad han skulle känna. Han hade vacklat fram och tillbaka för att slutligen luta mer åt Wilhelms teori. Nu var det i alla fall klargjort och inga tveksamheter kvarstod. Det var bara att börja om på ny kula.

Kapitel 21

Det var lättare sagt än gjort att börja leta efter nya uppslag. Det hände en hel del på Lyckelängan som gjorde att de blev störda i sitt arbete. Några dog, några fick ta plats på förvaringen och nya boende anlände samtidigt som det kom ny personal och nya praktikanter. Det var ett evinnerligt spring på de nya. Det skulle hälsas och presenteras mest hela tiden. En av de nyinflyttade som var änka efter en förmögen affärsman, var så överdrivet social att hon inte lämnade en människa ifred. Till en början hade hon verkat trevlig och belevad, men snart visade det sig att hon var en sådan som talade om samma saker om och om igen. Det hon sagt ena dagen kom i repris den andra och det blev irriterande efter en tid. Hon hade ganska snart upptäckt att den lilla gruppen hyste medlemmar som oftast var som de skulle, till skillnad från vissa andra som inte verkade ha en aning om var de befann sig eller vilka de var. Wilhelm tog omvägar när han såg att änkan var i antågande. Han orkade inte höra hennes långa presentation för tionde gången i rad. Dessutom verkade hon ha fattat tycke för just honom.

Wilhelm satte sig ner ensam i matsalen för att ta en kopp kaffe. I ögonvrån såg han änkan som kikade fram bakom ett draperi.

Skit också tänkte han men låtsades inte lägga märke till henne. Med bestämda steg gick hon fram till honom.

"Ursäkta är det ledigt här?"

Wilhelm suckade och tittade upp på änkan.

"Ja, som du ser så är det bara jag här."

"Får jag slå mig ner en stund? Jag tror inte vi har träffats. Jag heter Lydia Herlin, änka efter framlidne David Herlin som var verkställande direktör för Dammdalsbolagen."

Wilhelm nickade artigt. Han visste precis vad som skulle komma härnäst.

"Vi hade ett vackert hus vid Siljan i Dalarna. Men efter min makes död hade jag inte möjlighet att ensam bo kvar, så jag sålde och skaffade mig en etagevåning i Rättvik."

"Har du våningen kvar?" frågade Wilhelm med ett påklistrat leende.

" Ja, den pärlan vill jag inte göra mig av med. Den kan vara bra att ha som övernattningslägenhet när jag befinner mig på resande fot."

Så mycket resande för din del lär det väl inte bli tänkte Wilhelm och sörplade på sitt kaffe. Det här var elfte gången hon berättade samma historia för honom och nu började det bli lite väl enformigt. Kanske skulle det gå att vända på trenden om han försökte leda samtalet i en annan riktning?

"Hur länge har du varit änka?"

"Det är fyra år nu. Min make var verkställ..." Wilhelm avbröt henne.

"Har du aldrig funderat på att skaffa en ny karl?"

Änkan blev tyst för ett ögonblick.

"De tankarna har nog funnits lite till och från, men det var mycket att ordna med efter min makes bortgång så tiden har inte riktigt räckt till. Min make David som var verkställande direktör för Dammdalsbo..." Wilhelm avbröt henne på nytt.

"Men nu finns det väl tid för sådana tankar? Du verkar ju vara vid god vigör och ungdomens skönhet har du ju behållit."

Beträffande vigören var det nog en mild överdrift, men utseendemässigt fanns inget att klaga på. Sina sjuttiofyra år till trots, såg hon minst tio år yngre ut. Smakfullt klädd och fint sminkad.

Änkan skruvade på sig, påtagligt nöjd med vad hon hörde.

"Det är väl inte omöjligt att det kommer att ske, bara jag hittar
någon man som kan tillfredsställa mina intellektuella behov. Ni
förstår, min make David var verkställande direktör för
Dammdalsbolagen och han hade..." Wilhelm himlade med
ögonen och avbröt henne igen. Nu fick det vara nog med
upprepningar.

"Jag har en kamrat som också är änkling och som säkert
skulle uppskatta lite sällskap. Om ni vill så kan jag presentera
er för varandra?"

Han hade Jens i åtanke. Wilhelm visste att Jens ofta saknade
närheten till en kvinna och det hade inte funnits någon lämplig
kandidat hittills på Lyckelängan. Nu fanns i alla fall en som
hade utseendet med sig och inte var allt för gammal.

Änkan såg bekymrad ut och det verkade som om hon inte var
helt nöjd med erbjudandet. Men hon nickade försiktigt.

"Det kan väl inte skada. Är det någon jag träffat förut?"

"Nej, det tror jag inte. Det blir säkerligen en trevlig bekantskap.
Han är professor."

Visst hade hon träffat Jens förut, flera gånger och berättat sin
långdragna historia om sin bakgrund och sin märkvärdige
make, men det var säkert inget hon kom ihåg.

"Jag ska gå och prata med min kamrat så kanske ni kan äta
middag tillsammans senare? Henning skulle visst laga anka i
kväll."

Änkan sken upp.

"Anka är en av mina favoriter och med några glas Bourgogne
till blir det säkerligen utsökt. Du förstår, min man David
Herlin, var verkställande direktör för Dammdalsbolagen och vid
de middagar som..."

Wilhelm bockade artigt och gick från bordet.

”Men vad fan har du gjort?”

Jens blev både upprörd och nervös när Wilhelm berättade för honom.

”Ta det lugnt. En middag på tu man hand kan väl inte skada? Vi brukar ju alltid äta tillsammans och ett litet avstick från den slentrianen kan väl vara trevligt. Marie-Louise höll med.

”Det är klart att du ska ta tillfället i akt. Änkan är ju vacker och inte helt borta i huvudet.”

Jens suckade.

”Menar ni att jag ska sitta hela kvällen och lyssna på hennes upprepningar? Jag kommer att bli tokig.”

”Hon ändrar sig nog när hon druckit lite vin?” sa Gustaf och verkade säker på sin sak.” De brukar göra det, de små liven.”

”Så det har du erfarenhet av? Kunde just tro det din rackare.” Marie-Louise spände blicken i Gustaf men med en road glimt i ögat.

”Ja, det är väl inte för inte det kallas musöppnare” skrockade Gustaf och skrattade så han började hosta.

Jens gav till slut med sig. Han hade i ärlighetens namn kastat blickar på änkan när hon kommit och tyckt att hon såg bra ut. Men efter att ha hört hennes upprepningar till leda hade han insett att det nog inte var något för honom.

”Du ska se till att avbryta henne när det hakat upp sig och inleda samtalet på nya vägar. Det gjorde jag när jag fikade idag och det funkade faktiskt riktigt bra.”

”Men vad ska jag prata om då?”

”Vad som helst. Du är väl inte den som brukar få tunghäfta? Prata om ditt jobb och säg att du är professor, det faller säkert i god jord.”

"Men är det inte lite... vad ska jag säga, fel eller omoraliskt?
Hon har ju faktiskt inte alla hästar hemma."

"Åja, så farligt är det inte. Hon vet säkert vad hon gör och vad
hon vill. Och skulle det visa sig att hon inte är med på noterna
så är det ju ingen skada skedd. Då har ni ju i alla fall fått en
god middag."

Kamraternas peppande hade fått Jens på andra tankar och nu
var han helt inställd på att kvällen skulle bli angenäm och med
lite tur kanske natten också skulle bli det.

Marie-Louise hade ordnat så att ett bord för två blev dukat lite
avskilt från de övriga. En bukett med färska blommor och ljus i
en antik kandelaber ställdes fram.

Jens stod länge i duschen. Han letade fram sin finaste kostym
och valde bland slipsar i olika kulörer, kammade håret och
putsade sina skor. Han vände och vred på sig framför spegeln
och tyckte själv att han såg riktigt bra ut. Marie-Louise kom in
för att se att allt var i sin ordning. Hon rättade till näsduken i
kavajfickan och petade bort ett hårstrå som lagt sig på
kavajslaget.

"Nu ska jag säga att vi har en stilig herre här. Om du inte får
ligga i kväll blir jag förvånad."

Jens blev röd om kinderna. Visst kunde Marie-Louise vara
frispråkig, men så här hade han aldrig hört henne prata förut.

Det var ganska lugnt i matsalen. Gustaf, Wilhelm och Marie-
Louise hade satt sig så de hade uppsikt över Jens och hans
bordsdam. Hon hade ännu inte dykt upp så Jens satt ensam
och trummade med fingrarna i bordet, påtagligt nervös. Så
kom hon äntligen. Uppklädd och grann. Wilhelm hajade till när
han fick se henne. Det var nästan så han avundades sin
kamrats belägenhet för ett ögonblick. Han reste sig och gick
henne till mötes.

"Trevligt att du kunde komma. Du ser fantastisk ut."

Han tog henne under armen och ledde henne fram till bordet där Jens satt. Jens reste sig artigt, hälsade och drog fram stolen till henne.

"Får det vara en liten drink innan maten?" frågade han milt.

"Ja tack, jag tar gärna ett glas Champagne"

Aj där sprack det, tänkte Jens och såg sig oroligt omkring. Vin fanns det av de flesta sorter, men just Champagne serverades bara vid speciella tillfällen som nyår och midsommar.

"Jag har hört att Champagnen vid den senaste leveransen inte var av bästa kvalitet så de var tvungna att returnera den. Får jag föreslå en torr Cherry i stället?"

Änkan verkade först tveksam, men nickade sedan.

"Tack det tar jag gärna. Någon dålig Champagne ska vi väl inte tvinga i oss bara för sakens skull."

Jens pustade ut och vinkade till sig en ur personalen för att beställa.

När Henning kom ut med ankan och en flaska Bourgogne hade samtalet flutit på utan bekymmer. Taktiken som Wilhelm föreslagit med att avbryta och byta samtalsämne, hade fungerat riktigt bra. Det hade faktiskt varit riktigt trevligt.

Ankan smakade utsökt och det slank till och med ner lite äpplepaj med vaniljsås tillsammans med ett glas Madeira efteråt.

Vännerna hade med intresse iakttagit de båda under hela måltiden.

"Det skulle inte förvåna mig om han redan har halva inne" väste Marie-Louise med ett belåtet flin.

Gustaf och Wilhelm tittade på varandra med förvånade uttryck.

"Säger man så?"

"Ja, så säger man om man vill."

Jens tänkte febrilt på vad nästa drag skulle bli. Han hade haft förvånansvärt trevligt och en fortsättning på rummet skulle vara kronan på juvelen. Änkan som blivit fnittrig av allt vin, verkade också tycka att allt varit till största belåtenhet. Det var hon som tog initiativet, till Jens stora lättnad.

"Vill du komma med och se hur jag har det hos mig? Vi kanske kan ta en drink om du har lust?"

"Gärna, det skulle vara trevligt"

Han reste sig och flyttade belevat undan änkans stol. När de avlägsnade sig arm i arm tittade Jens mot bordet där hans vänner satt och såg att han fick tummen upp av alla tre.

Morgonen därpå satt tre förväntansfulla kamrater vid frukosten och väntade på att få höra hur det gått. Jens kom släntrande, yrvaken och med rufsigt hår. Marie-Louise stirrade stint på honom.

"Nå, tänker du säga något?"

Jens tuggade lojt på en rostad brödskiva med aprikosmarmelad, tog en slurk kaffe och verkade inte bry sig nämnvärt om de övrigas nyfikenhet.

"Det gick väl bra tycker jag."

Gustaf nästan hoppade i stolen.

"Gick bra! Det var ju uttömmande. Nu får du väl för satan berätta."

Jens hade bestämt sig för att inte låta sina vänner ta del av varje liten detalj. Dels skulle det vara kränkande mot Lydia, men också lite skämmigt. Visserligen hade natten varit till belåtenhet, men inte helt utan komplikationer. Änkan hade efter ett par drinkar släppt alla hämningar och visat sig vara passionerad utöver det vanliga. Detta med att upprepa sig hela

tiden var inte något som endast begränsades till talet visade
det sig. Det gällde också i handling och efter en inledning som
Jens var fullständigt nöjd med, ville hon bara mer och mer. Det
var naturligtvis omöjligt för honom att hålla jämna steg, så han
fick uppbåda all sin energi och erfarenhet till att försöka göra
henne nöjd. Nu var han så trött efter att knappt ha sovit något.
När han försiktigt smög ut ur hennes rum hade hon sovit tungt
och skulle förmodligen missa frukosten.

”Ja, vad vill ni jag ska säga? Jag tänker ju inte gå in på några
snaskiga detaljer fattar ni väl. Men ok, ligga det fick jag. För
det är väl det ni undrar över?

Kapitel 22

Att ha fast sällskap och någon att somna tillsammans med var mysigt tyckte Jens. Men det var också ansträngande och tog lite för mycket tid av det viktiga arbete som låg framför honom. Änkan var fortsatt passionerad men hon sov ganska mycket, vilket Jens utnyttjade till sin fördel.

Efter att noggrant ha utvärderat läget och diskuterat fram och tillbaka, beslutade sig gruppen för att börja om från början. Tiden rann iväg det kände de alla, men det fanns ingen annan väg att gå. De hade lagt ner så mycket tid på spår som inte lett någon vart och att slumpmässigt försöka hitta uppslag var inget som någon trodde skulle ge resultat.

Gustaf var lite orolig över hur Jens skulle hantera sin nya bekantskap. Han var motorn i gruppen och utan hans fulla engagemang skulle det bli väldigt svårjobbat.

"Tror du att du kommer att orka med både det här och det där andra?"

Jens skruvade på sig.

"Lydia sover ju ganska mycket så det ska nog kunna funka."

"Du kanske skulle se till att minska ner lite på kuttrasjuandet? Du är ju inte tjugo år längre."

Marie-Louise tittade strängt på Gustaf.

"Det där ska du nog inte lägga dig i. Vi ska vara glada för Jens och Lydias skull. Det är inte alla i vår ålder som har förmånen att hålla gnistan vid liv på ett sådant härligt sätt. Förresten så kan hon gärna sitta med oss om hon vill."

Gustaf grinade illa.

”Det skulle väl kunna gå för sig. Men då gäller det att hon håller tyst och inte börjar tjata om sin man, den där verkställande direktören för Dammdalsbolagen. Då blir jag tokig.”

”Hon har faktiskt inte gjort det så mycket sedan vi träffades. Det verkar nästan som om hon glömt honom.”

”Ja, det vore skönt” suckade Wilhelm.

***

Efter några veckor hade de kommit så långt att det nu började dyka upp nya misstänkta som skulle undersökas i detalj. Jens hade fullt upp framför datorn och sållade och sorterade så det stod härliga till. Lydia hade bjudits in att delta, men tyckte att det verkade så komplicerat och tråkigt att hon snart hittade på annat att sysselsätta sig med.

Wilhelm började bli lite orolig. Han hade inte nämnt det för de andra, men på sista tiden hade han fått en annorlunda känsla. Det hade börjat så smått då han konfronterat doktor Tore med att han börjat minnas saker som låg långt tillbaka i tiden. Nu hade den känslan förstärkts och han började även märka att korttidsminnet inte längre var så bra som tidigare. Det var inte upplyftande men låg helt i linje med vad Tore förklarat skulle ske. Det skulle betyda att han inte hade så långt kvar innan den svåra sidan av sjukdomen skulle ta överhand. Han hade frågat Marie-Louise hur det kändes för henne, men hon hade inte märkt någon skillnad på mycket länge. Om det nu stämde eller inte var svårt att veta. Han hade inte berättat om sitt eget tillstånd för henne och hon kanske tänkte likadant?

En dramatisk förändring inträffade en kväll då alla satt koncentrerade och tysta och studerade utskrifter. Pappret som Wilhelm höll i handen ramlade ner på golvet och han verkade inte uppfatta att det skett. Han höll fortfarande upp handen och verkade läsa från något som inte fanns.

"Vad håller du på med?" frågade Marie-Louise smått irriterad, men upptäckte genast att allt inte stod rätt till. Hon tog tag i hans arm och försökte få kontakt.

"Det här är inte som det ska. Något är fel. Vi måste hämta Tore."

Jens fick snabbt upp sin mobil och ringde expeditionen. Tore var inte på plats så en sjuksköterska kom rusande. Hon gjorde en snabb undersökning och kunde genast konstatera att det var frågan om en stroke. Ambulans tillkallades och Wilhelm kom snabbt under behandling.

Stämningen var tryckt medan man väntade på besked från sjukhuset. Marie-Louis var ledsen och kunde inte hålla tårarna tillbaka. Gustaf försökte trösta henne.

"Nu behöver det ju inte vara så allvarligt. Många får inga men alls efter en stroke och med Wilhelms goda fysik och järnvilja så ska du nog se att han klarar det här."

Hon hoppades av hela sitt hjärta, men innerst inne kände hon att det kanske inte skulle gå vägen. Visst hade hon förberett sig på att de alla skulle falla ifrån tids nog, men nu blev det så hastig och påtagligt att hon inte riktigt kunde hantera det.

Först morgonen därpå kom beskedet. Wilhelm levde men hur hans tillstånd skulle bli var inget man kunde säga så här tidigt. Han var inte kontaktbar och det skulle dröja länge innan någon prognos kunde ställas.

För att inte fastna i bedrövelse, beslöt sig de övriga att oförtröttligt arbeta vidare med fallet. Det gick tungt till en början men snart var de inne i arbetslunken igen.

***

Wilhelm tittade upp i det kala sjukhustaket. Han studerade randen av damm som samlats runt ventilationsdonet. Han försökte minnas vad som hänt, men inte ett fragment ur minnet kunde lockas fram. Att han fått en stroke var han medveten om, det hade läkaren förklarat, men han kunde inte ställa frågor eller göra sig förstådd på något vis. Orden fanns i hans huvud, men var omöjliga att få ut genom munnen. När han försökte kom bara ett obegripligt sludder trots att han så väl visste vad som skulle sägas. Han försökte se bokstäver framför sig. Kanske skulle han kunna skriva ner det han ville säga, men bokstäverna kom osammanhängande.

Efter några dagar hade han accepterat sitt öde. Läkaren hade förklarat att han kanske med tiden skulle kunna få tillbaka delar av talet och rörelseförmågan, men prognosen var osäker. Han skulle få ligga på observation en vecka till. Därefter skulle han få återvända till Lyckelängan. Det var något han våndades över. Hur skulle hans vänner reagera och om han nu inte snabbt skulle lära sig att kommunicera? Hur skulle han då kunna vara behjälplig i utredningen? Hans intellekt var det inget fel på, men det gällde också att kunna uttrycka sig i ord eller skrift. Annars skulle intellektet inte vara något värt.

Victor hade tagit sig tid och suttit vid sin pappas sida under flera dagar. Han hade tidigt insett att Wilhelm förstod det han sa, men inte kunde uttrycka sig varken genom tal eller skrift. Genom att nicka eller ruska huvudet kunde han i alla fall svara jakande eller nekande på frågor och det var ju alltid något. Även om nu inte talförmågan skulle komma tillbaka, kunde det här med kroppsspråket säkert utvecklas så att Wilhelm skulle kunna göra sig förstådd.

Värre var det med rörelseförmågan. Överkropp och armar var det inget fel med, men från magen och nedåt var det dött. Läkarna hade förklarat att chansen att få tillbaka delar av känsel och rörelseförmåga fanns där, men att man inte skulle hoppas för mycket. I och för sig kunde väl en tillvaro i rullstol vara till stora delar bekväm, men det här med toalettbesök och att sköta hygienen var naturligtvis ett problem som Wilhelm våndades över. Visst fanns det kunnig personal på Lyckelängan som skulle se till att han inte behövde lida brist på omsorg, men att låta någon annan torka honom i ändan var något han skulle ha svårt att acceptera. Det skulle visserligen inte gå att undvika den dag han hamnade på förvaringen, men då skulle han inte veta vad som hände. Om han nu skulle hamna där? Det skulle förhoppningsvis inte bli så, hade han bestämt. Men ingen av hans kamrater hade velat lyssna när han berättat om sina planer. Deras medverkan var viktig om han skulle lyckas med sitt uppsåt, att inte behöva avsluta sin tillvaro på jorden som en grönsak.

***

Det var med stor värme han blev mottagen när han återvände till Lyckelängan. Marie-Louise kramade om honom och pussade honom på kinden. Wilhelm nickade och log. Han hade gärna sett att han kunnat besvara mottagandet på ett bättre sätt, men nu var det som det var och han gjorde så gott han kunde. Gustaf höll en lång utläggning om alla han kände som råkat ut för stroke och sedan kommit tillbaka till ett fullvärdigt liv. Hans syfte var att det skulle vara en tröst och ingjuta lite hopp. Wilhelm visste bättre. Han hade också en del bekanta som råkat ut för samma sak och visste att oddsen inte var särskilt bra att han skulle bli återställd.

Victor drog rullstolen uppför rampen och in i hissen. Han hade bestämt sig för att stanna några dagar på Lyckelängan. Det kanske var sista tiden han skulle kunna umgås med sin far. Om några veckor skulle han åka utomlands för att medverka i öppnandet av en ny fabrik i Gambia och där skulle han bli kvar i flera månader.

Wilhelm var trött efter transporten och hade bestämt nekat till att sitta med de övriga vid den traditionella kvällsträffen. I stället gjorde Victor dem sällskap. Han hade mycket att berätta om vistelsen på sjukhuset och hur han kommunicerade med sin far. Han var också intresserad av hur det gick med utredningen och vad som skulle hända nu när Wilhelm råkat så illa ut.

De övriga hade funderat och pratat en hel del om hur de skulle förhålla sig till Wilhelms tillstånd. Det skulle naturligtvis vara beroende av hur Wilhelm själv kände och hur allt skulle utveckla sig. Men att han fortfarande skulle kunna ha mycket att bidra med, var alla överens om.

Kapitel 23

Mycket snabbare än någon räknat med, började Wilhelm få tillbaka delar av sin talförmåga. Det började med att han kunde säga ja och nej och sedan verkade det som om allt lossnade. Nya ord kom till för varje dag och inom några veckor kunde han föra ett enklare samtal. Att han fått behålla sitt intellekt var det ingen som tvivlat på och nu blev det bekräftat.

Rörelseförmågan gick det lite trögare med. En viss förbättring kunde han känna, men ännu var det långt kvar innan han skulle våga hoppas på att kunna resa sig på egna ben igen. De övriga peppade honom och doktor Tore hade ställt en positiv prognos efter noggranna undersökningar. En tråkig konsekvens var att han snabbt blev trött. Han orkade inte vara uppe sent om kvällarna och sitta med de andra som förut. Det var stunder han uppskattat mycket och fast han uppbådade alla krafter och all viljestyrka kunde han inte förmå sig att hålla sig vaken.

Trots att tiden som pigg hade reducerats kunde Wilhelm bidra med värdefulla kunskaper till utredningen.

Det fanns nya och intressanta uppslag och det kändes nästan som om ny näring återigen kommit in i gruppen. Jens verkade nästan manisk i sin iver att mata in uppgifter i sina program. Nu lade han ner mer tid än han tidigare gjort.

Marie-Louise och Gustaf hade pratat på tumanhand och varit konfunderade över att Jens inte var sig riktigt lik. Det var ingen dramatisk förändring, utan mer en känsla av att han var mer fokuserad och inte lika talför längre. Helt enkelt en allvarligare Jens än de var vana vid.

En sen kväll kom förklaringen. Wilhelm hade som vanligt knoppat in efter ett halvt glas vin och blivit uppskjutsad till sitt rum. De övriga satt och sammanfattade dagens arbete. Jens sa inte så mycket utan satt mest och lyssnade. Marie-Louise beslöt sig för att ta upp frågan.

"Hur är det Jens? Du verkar bekymrad över något, det har både jag och Gustaf märkt. Du har inte varit dig riktigt lik på sista tiden."

Jens tog ett djupt andetag och satte händerna för pannan. Nu var det tydligt att det var något som tryckte honom.

"Ja ni, hur ska jag säga detta. Det är så hemskt att jag bara vill försvinna bort från alltsammans. Ni kommer att bli upprörda och inte tro mig, men det måste fram."

Gustaf och Marie-Louise blev genast oroliga. De förstod att något dramatiskt stod för dörren och misstänkte att det rörde sig om Jens hälsotillstånd.

"Berätta nu. Vi klarar nog av att höra sanningen vad det än är."

Jens skruvade på sig. Det syntes att han våndades och han var sig inte alls lik.

"Som ni nog märkt, har jag lagt mycket tid på utredningen och inte delat med mig så mycket som jag brukar."

De andra nickade. Det hade de noterat.

"Det finns en orsak till det. Jag har försökt att på alla sätt kontrollerat fakta för att förvissa mig om att jag har fel. Men nu kan jag med säkerhet säga att mina farhågor besannats på det mest fruktansvärda sätt."

Nu började Gustaf och Marie-Louise bli ordentligt oroade.

"Men vad är det som har hänt? Kan du inte komma till skott någon gång? Är det din tumör?"

Jens var röd i ansiktet och ögonen var glansiga.

"Nej, det är mycket värre än så. Jag vet nu vem som mördade Dalia."

Gustaf och Marie-Louise stelnade till och satt som stenstoder med öppnade munnar. Det blev tyst en lång stund innan Gustaf återfick fattningen.

"Men vad är det du säger. Varför har du inte sagt något tidigare?"

Jens gnuggade bort tårarna.

"Jag har inte sagt något därför att jag inte var säker, men det är jag nu"

Han tog ett djupt andetag.

"Det var Victor, Wilhelms son som mördade Dalia."

Marie-Louise såg ut som om hon sett ett spöke.

"Nu tror jag att det har slagit slint. Det fattar du väl att det inte kan vara. Nu tror jag att det är dags för dig att uppsöka Tore för en grundlig undersökning."

Marie-Louise var så upprörd att hon skakade medan Gustaf var till synes oberörd. Han spände blicken i Jens.

"Fortsätt! Vad har du för bevis?"

Jens sneglade på Marie-Louise. Han hade anat att hon skulle reagera som hon gjorde och det var väl inte så konstigt.

"Victor dök tidigt upp i utredningen då vi kollade bilar, det vet ju ni också. Men vi brydde oss inte då. Men jag kunde inte riktigt släppa det. Hur skulle det sett ut om jag tagit upp det med Wilhelm? Ni fattar va? I alla fall så började jag kolla upp saker på egen hand. När jag synade hans internetvanor blev jag obehagligt medveten om att han var starkt misstänkt. Bilen stämmer. Han var här och hälsade på strax före då brottet begicks. Hans bisarra intresse för våldsporr med unga färgade flickor finns där. Det som slutligen övertygade mig var när det kom svar på DNA-provet jag skickade in. När han satt och drack vin med oss då Wilhelm kommit från sjukhuset, passade jag på att ta reda på en snuskudde han spottade ut i askkoppen. Hans DNA matchar hårstråt vi fann i ladan. Han har alltså varit där."

Marie-Louise började gråta. Gustaf lade sin arm om henne och försökte trösta. Jens tittade ner i bordet.

"Jaha, vad gör vi nu? Vi kan ju inte gärna säga något till Wilhelm. Ska vi bara fortsätta som om inget hänt eller helt enkelt bara lägga ner och säga att vi inte orkar längre?"

Gustaf rynkade pannan.

"Det är klart att vi måste berätta för Wilhelm. Allt annat vore ett fruktansvärt svek."

"Men det kommer ju att fullständigt krossa honom. Victor är hans enda barn och att få detta kastat i ansiktet måste vara det värsta någon kan råka ut för."

Jens hade så smått börjat hämta sig från pärsen att behöva berätta.

"Nej, det värsta någon kan råka ut för är det som Dalia blev utsatt för. Vi kan inte ta någon hänsyn till att Wilhelm är en kär vän. Han måste få veta, oavsett vad konsekvensen blir."

Marie-Louise hade svårt att ta in det hon just hört. Det är klart att Gustaf hade rätt i att det vore ett svek att inte berätta, men samtidigt skulle det vara spiken i kistan för Wilhelm. Han hade ofta pratat om att han på egen hand skulle avsluta sitt liv innan han hamnade på förvaringen. Med vetskapen om att hans ende son var en sådan ond människa, skulle han förmodligen sätta sin plan i verket tidigare än det var tänkt.

Marie-Louise torkade sitt rödgråtna ansikte.

"Ja, om det nu är som du säger och du är hundraprocentigt säker, måste vi berätta för Wilhelm. Men hur gör vi det? Jag vet inte om jag klarar av det."

Gustaf och Jens tittade på varandra. De kände båda att någon av dem måste göra det svåra. Jens suckade tungt.

"Jag får väl göra det. Det var jag som upptäckte den här
skiten."

Gustaf ruskade på huvudet.

"Nej Jens, det är inte ditt fel. Du har gjort ett enastående jobb
och ska inte känna någon skuld till att konsekvensen blev
tråkig. Du har haft nog med elände bara genom att bära på
vetskapen. Jag gör det. Jag ska berätta för Wilhelm i morgon.
Det kommer att bli det värsta samtalet i hela mitt liv, men det
måste göras."

När vännerna skiljdes för att gå till sängs, var det med sorg i
hjärtat. Det hade varit en fröjd att sitta tillsammans om
kvällarna, dricka vin och sammanfatta dagen som varit. Skojat
och berättat om gamla tider. Nu kändes det som att gå till sin
egen begravning.

Gustaf kunde inte somna. Det hade han heller inte räknat
med. Han låg och tänkte på hur han skulle berätta. I sitt
yrkesliv och även i det privata hade han alltid varit en god
konversatör och sällan hamnat i en situation där han varit
osäker över sina ordval. Nu kändes det annorlunda och han
vred och vände på ord och meningar han hade i sitt huvud.
Hur skulle han själv ha reagerat om han varit i Wilhelms
situation och fått ett sådant fruktansvärt besked? Det skulle
vara värre än om någon anhörig dött.

Till slut så tog tröttheten överhand och han kunde äntligen
somna.

Det blev en orolig natt med konstiga och obehagliga drömmar. När han vaknade på morgonen och gick ner för att äta frukost kände han sig färdig med sina grubblerier. Han visste hur han skulle säga. Inget velande och ömkande, bara fakta och rakt på sak. Det skulle inte spela någon roll om han försökte linda in det i bomull för att på så vis lindra effekten.

Den skulle i vilket fall bli densamma. Wilhelm skulle krossas som människa och aldrig mer bli densamma igen.

Kapitel 24

Gustaf var först på plats. Ulla som stod i köket och pratade med Henning, kom fram till honom.

"Hej Gustaf! Så du är uppe med tuppen i dag? Det var väl ovanligt."

Gustaf försökte se oberörd ut.

"Jag vaknade tidigt för en gångs skull och tänkte att det kunde vara trevligt att ta frukost innan de andra kommer och slabbar runt på borden."

Ulla skrattade.

"Ja, alla har väl inte så fina manér precis, men det är ganska bra ordning ändå kan jag tycka."

Gustaf nickade och lade en skiva leverpastej på sin färska fralla.

Snart började gästerna strömma till och sist av alla kom Jens och Marie-Louise med Wilhelm i rullstolen. Han hade börjat gå lite, men ännu var benen allt för svaga för att orka bära honom någon längre sträcka.

Talförmågan var tillbaka nästan som före stroken med undantag av vissa längre ord som han ibland snubblade på.

Han verkade vara på gott humör och hälsade glatt på Gustaf.

"Hej du, din gamle stofil. Så du var tidig i dag?"

Gustaf fick till ett ansträngt leende. Det kändes så fel att försöka se glad ut när det var kaos inombords och han stod inför en så fruktansvärt tråkig uppgift.

"Jo du, ibland så händer det grejer. Jag vaknade tidig och tänkte att jag skulle vara först för en gångs skull. Ta för mig innan alla börjat klämma på mackorna och hosta över allt."

De satte sig ner och högg in på frukosten. Wilhelm var hungrig. Han hade sovit gott hela natten och kände sig nu utvilad. Det åts och sörplades kaffe under tystnad. Wilhelm började känna att stämningen inte riktigt var lika munter som vanligt.

"Är det någon som har dött? Ni verkar lite låga i dag?"

Jens skruvade på sig.

"Jag tror att vi åt något i går kväll som inte var bra för magen. Jag fick lägga kabel tre gånger i natt så jag är lite trött."

Marie-Louise nickade försiktigt.

"Ja, något var det. Jag är inte heller i bästa form känns det som. Jag ska nog knyta mig ett slag efter frukosten."

Jens nickade instämmande.

"Det ska nog jag också."

Wilhelm vände sig mot Gustaf.

"Du då! Du åt väl samma mat? Känner inte du något?"

"Nej, min mage är det inget fel på."

Jens och Marie-Louise ursäktade sig och reste sig innan de druckit upp kaffet. Wilhelm tittade förvånat efter dem när de lämnade matsalen.

"Hmm... Det där verkade inget vidare. Hoppas att de känner sig bättre till lunch. Jag hörde att det skulle bli köttfärslimpa i dag."

Gustaf harklade sig och såg allvarligt på Wilhelm.

"Du, det är något jag skulle behöva prata med dig om. Kan vi gå till mitt rum efter frukosten?"

Wilhelm såg hans bekymrade min och förstod att det var något allvarligt. Tiden hade gått fort och att det förr eller senare skulle ske en försämring av allas hälsa var väntat. Nu misstänkte han att Gustaf skulle komma med tråkiga besked.

"Ja visst, men då får du köra mig. Jag har gått lite på mitt rum men ännu är det för tidigt att ta några längre promenader."

Gustaf kände hur tyngden på hans axlar växte. Om ändå stroken hade tagit kraftigare så att Wilhelm inte klarat sig skulle allt ha känts lättare. Han skakade av sig tankarna och hatade sig själv för att han alls tänkt dem.

När de kom upp på rummet tog Gustaf fram en flaska fin Cognac han hade i sitt lilla dryckesförråd bredvid sängen. Han hällde upp två glas och satte sig ner.

"Ja Wilhelm, det jag nu ska säga är det svåraste jag sagt i hela mitt liv, men det måste fram."

Wilhelm tittade allvarligt på honom.

"Säg det bara. Jag förstår vad det är, men vi finns här för dig ska du veta."

"Det är inte som du tror. Det är något mycket värre."

I samma ögonblick stelnade Gustaf till och tog sig åt hjärtat. Han började kippa efter andan och blev likblek i ansiktet. Wilhelm förstod vad som hänt och tryckte på larmknappen.

Doktor Tore som suttit på kontoret och tittat igenom räkenskaper var först på plats tätt följd av flera ur personalen. Han gjorde en snabb undersökning och kunde genast konstatera att det rörde sig om en hjärtinfarkt. Han beordrade en sköterska att skynda sig ner till mottagningen för att hämta medicin, samtidigt som han ringde efter ambulans.

Efter en injektion av nitroglycerin började Gustaf få tillbaka lite färg i ansiktet. Han skjutsades ner till Tores behandlingsrum i väntan på ambulans.

Det blev ett väldigt ståhej när sirenerna började låta ute på gården och ambulanspersonalen kom inrusande med sin bår.

Jens och Marie-Louise som suttit och pratat i hennes rum, såg på varandra med skräck i blicken.

"Jävlar! Det måste vara Wilhelm. Han klarade inte av att höra. Det kunde man ge sig fan på. Vi skulle bara låtit det vara. Tänk att få höra det sista i livet att ens enda barn varit en mördare. Så fruktansvärt."

Marie-Louise skakade av gråt och Jens kunde heller inte hålla tårarna borta trots att han försökte stålsätta sig. Han tog några djupa andetag och torkade bort tårarna med skjortärmen

"Vi måste skynda oss till Gustaf. Du kan tänka dig hur han mår nu. Han behöver allt stöd han kan få."

De småsprang fram till Gustafs rum och slet upp dörren. Där inne satt Wilhelm i rullstolen och tittade ut genom fönstret. Han hoppade till av det plötsliga ljudet. Jens och Marie-Louise stirrade på honom som om han vore ett spöke.

"Så förskräckligt. Han skulle precis berätta för mig om sitt tillstånd när han fick något åt hjärtat. Jag är så ledsen."

Marie-Louise satte sig ner på sängen oförmögen att få fram ett ord. Jens stod kvar i dörröppningen och tog sig för pannan.

"Men herre min skapare, det här händer bara inte."

Wilhelm rullade fram till Marie-Louise och strök henne över håret.

"Du ska se att det går bra. Nu för tiden behöver inte en infarkt vara så allvarlig, speciellt inte då han så snabbt kom under behandling. Om några dagar är han nog tillbaka."

Hon såg på honom med rödgråtna ögon.

"Vad hände egentligen? Vad sa han till dig?"

"Han skulle just berätta något tråkigt när det hände, men hann inte säga så mycket. Jag förstår att det var hans hälsotillstånd han skulle berätta om. Har han sagt något till er?"

Marie-Louise tittade till på Jens som fortfarande stod mållös i dörröppningen. Han harklade sig. Nu fanns ingen utväg och eländet kunde väl inte bli så mycket värre. Han gick fram och satte sig bredvid Marie-Louise. Han tittade ner i golvet när han fick mål i mun.

"Det var inte sin hälsa han skulle berätta om."

Wilhelm såg förvånad ut.

"Inte? Vad var det då?"

Jens darrade på rösten.

"Han skulle berätta att vi funnit den som mördade Dalia."

Marie-Louise reste sig hastigt och skyndade ut ur rummet. Hon orkade inte stanna och höra mer.

Wilhelm tittade efter henne med en förvånad min.

"Men vad är det som händer? Det är väl ingen här på Lyckelängan som är inblandad på något vis? Inte någon av oss va? Det vore omöjligt."

Jens tog ett djupt andetag. Han visste nu att det inte fanns någon återvändo och att det var han som måste leverera det tunga beskedet. Han greppade Wilhelms hand.

"Wilhelm, det är med djupaste sorg och smärta jag måste berätta för dig att mördaren är din son Victor. Det finns ingen tvekan längre och när vi fick beskedet om DNA så föll alla bitar på plats."

Wilhelm hörde inte det sista. Han sjönk ihop, blundade och kramade Jens hand så hårt att fingertopparna vitnade. Snyftningarna kom sakta för att sedan övergå till en jämmerton djupt från magen. Tankarna snurrade runt i hans huvud utan någon ordning. Den enda tanke som var tydlig, var att om han

inte överlevt sin stroke skulle han sluppit uppleva denna
mardröm.

Jens andades häftigt. Det hade tagit hårt på honom också,
men att jämföra med det Wilhelm nu upplevde skulle vara
högst förmätet. Han lossade försiktigt Wilhelms grepp om sin
hand och strök honom över axeln.

"Vi är alla så oerhört ledsna ska du veta. Vi funderade ett tag
på att hålla det för oss själva, men insåg att det vore ett svek
mot dig. Vi var tvungna att berätta. Kan du förstå det?"

Wilhelm öppnade inte sina ögon men nickade nästan
omärkbart. Han förstod och han var tacksam i all sin
bedrövelse, att de inte svikit honom med lögner och
undanflykter.

Jens skjutsade Wilhelm till hans rum och hjälpte honom ner i
sängen.

"Vill du att Marie-Louise kommer in till dig?"

Wilhelm ruskade på huvudet.

"Vill du att jag ber Tore att titta till dig? Han kan ge dig något
lugnande."

"Nej, jag vill bara vara ensam. Gå nu."

Just när Jens skulle stänga dörren efter sig, ropade Wilhelm.

"Tack för att ni var ärliga."

Jens skyndade sig till Marie-Louises rum. Hon låg på sängen
och stirrade upp i taket. Han satte sig på sängkanten.

"Ja, nu är det gjort. Det var på vippen att jag klarade det.
Måste säga att det var det värsta jag varit med om någonsin."

Marie-Louise tog hans hand.

"Hur tog han det?"

"Ja, vad tror du? Han blev naturligtvis helt förkrossad. Konstigt vore väl annars. Han vilar nu."

"Ska jag gå till honom?"

Nej, jag tror att han vill vara ifred. Vi får se hur det är senare. Nu tycker jag att vi tar reda på hur det står till med Gustaf."

"Ska vi inte berätta för Ulla och Tore?"

"Nej, det här får inte komma ut. Om vi ska ha någon chans att ställa Victor till svars för sitt brott, måste vi hålla det här för oss själva tills vi har samlat ihop de bevis som behövs. Om det skulle komma ut kanske Victor hinner göra något som försvårar alltsammans."

***

Wilhelm hade hamnat i förvirring strax efter att han fått beskedet. När han efter två dagar återigen sansat sig kom minnet av det fruktansvärda tillbaka. Han försökte dämpa sin smärta med tabletter som Tore kommit med, men inget hjälpte. Det enda han kunde ta sig för var att ligga och grubbla. Han hade i alla fått veta att Gustaf klarat sig bra. Det var en liten ljuspunkt i all bedrövelse. Nu återstod endast att få vetskap om hur de andra kommit till insikt över vad som hänt och vad det fanns för bevis. Sedan skulle han så fort som möjligt se till att återförenas med sin älskade Sofia, var hon nu befann sig. Inte en enda dag i onödan ville han stanna kvar i denna mardröm.

***

Gustaf behövde bara stanna några dagar på sjukhuset. När han kom tillbaka till Lyckelängan mådde han rent fysiskt mycket bättre än han gjort på länge. Ett blodkärl till hjärtat hade vidgats med en slags strumpa av metall, så nu flödade blodet utan hinder.

Det var med en viss lättnad han fick höra att Jens hade berättat allt för Wilhelm. Han kände skuld över att ha skjutit över ansvaret på Jens, med det var ju inget han kunnat hjälpa.

159

Efter att ha förvissat sig om Wilhelms tillstånd, beslöt han sig för att prata med honom. Det måste ju ske förr eller senare.

Han knackade försiktigt på dörren.

"Kom in."

"Hej Wilhelm, hur är det med dig?"

"Ja, vad tror du? Det kunde inte gärna vara sämre. Så det var alltså detta du skulle berätta för mig när du fick hjärtsnörp?"

"Ja, så var det. Ingen angenäm uppgift som du förstår, men så fixade jag det inte heller."

"Nej, men Jens tog vid. Jag är i alla fall glad att du är på benen igen. Vad händer nu?"

"Vad menar du? Med mig?"

"Nej, med utredningen. Nu när ni vet vem mördaren är."

Gustaf visste inte riktigt vad han skulle säga.

"Vad tycker du? Det här är ju otroligt svårt för oss alla."

Wilhelm såg på Gustaf med en sorgsen min.

"Ni måste slutföra. Det finns ingen annan utväg. Det tror jag ni alla vet, men ni kan inte räkna med min medverkan något mer det hoppas jag ni förstår."

Gustaf nickade.

"Ja, det är klart att vi begriper det. Men vad händer med dig nu? Ska du sitta ensam och ruttna på rummet tills du hamnar på förvaringen?"

Wilhelm log lite snett.

”Nej, förvaringen kommer jag inte att tillbringa någon tid på. Men en sak måste jag göra, det är att sitta med er och få ta del av alla bevis. Det är det enda sättet som jag kan komma till någon som helst ro på.”

”Ja, det kan jag förstå. Vi ska träffas i kväll. Tror du att du orkar?”

”Ja, jag kommer.”

Kapitel 25

Jens hade förberett sig hela dagen. Alla pusselbitar fanns på plats, både av indicier och konkreta bevis. Att Victor förekommit tidigt i utredningen var Wilhelm medveten om. Det var redan när de börjat undersöka vilka som ägde den sortens bil som det hade uppmärksammats. Men det hade sin naturliga förklaring då han hade varit och hälsat på. Det spåret lades genast åt sidan. Det var bara Jens som hade det i bakhuvudet och inte kunde släppa det. Men det höll han för sig själv. Det var i alla fall med bilen och det faktum att Victor varit där som han börjat sin redogörelse. Jens hade grubblat över hur han skulle lägga fram detta med Victors internettrafik. Det var ingen tjusig historia och inget en far skulle vilja veta. I alla fall så nämnde han att Victors sökningar på internet och de bilder och klipp han laddat ner, inte var av den sort som någon normal människa skulle vilja titta på.

Wilhelm kände hur hans sinne tyngdes mer och mer av all fakta som staplades på varandra. Det var knappt att han uthärdade att höra, men det var alldeles nödvändigt. Han var tvungen att veta innan han kunde gå vidare.

När Jens var färdig med sin redogörelse satt alla tysta. Wilhelm stirrade ner i golvet och Marie-Louise försökte förtvivlat att hålla gråten stången. Wilhelm tittade till slut upp.

”Ja, vad ska jag säga? Nu är det som det är och ni ska göra det rätta. Trots det som har hänt ska ni inte känna någon skuld eller dåligt samvete gentemot mig. Livet tar ibland vändningar som man inte räknat med. Både bra och dåliga. Jag har i alla fall levt ett bra liv tills nu och det är inte alla förunnat.”

Han tog tag i Marie-Louises hand och kramade den ömt.

”Du har varit en verklig ljuspunkt. Utan dig hade allt varit så mycket sämre. Du är det bästa som hänt mig sedan jag förlorade min hustru.”

Marie-Louise ansträngde sig till det yttersta, men till slut så brast det. Hon skakade av gråt, oförmögen att kunna hejda det. Wilhelm strök henne över håret. Sedan vände han sig till Jens och Gustaf.

”Ni, mina kära vänner har också varit ljuspunkter och förgyllt min tillvaro här. Bättre kamrater har jag aldrig haft.”

Jens började också gråta, nästan lika intensivt som Marie-Louise. Gustaf som alltid kunnat hålla sig neutral i alla lägen stålsatte sig, men kunde inte hindra att ögonen blev fuktiga. Alla visste nu att detta var Wilhelms farväl och att det förmodligen var sista gången de skulle få träffa honom.

Wilhelm rullade ut ur rummet och bort till sitt eget. Han visste nu att det var sant det som inte fick vara sant och att inget hopp om en annan utväg var möjlig.

Nu skulle han lämna detta helvete bakom sig och förhoppningsvis företa en resa in i det okända. Han var inte religiös på något vis, men efter att ha hört Sofia berätta om sin utomkroppsliga upplevelse när hon låg på sjukhuset var han inte lika säker längre på att det inte fanns något efter döden.

Marie-Louise, Jens och Gustaf försökte trösta varandra så gott det gick.

”Ska vi inte berätta för Tore i alla fall? Han kanske kan se till så att inte Wilhelm gör något överilat?” Sa Marie-Louise.

Gustaf skakade på huvudet.

”Nej Marie-Louise, det ska vi inte göra. Wilhelm har fattat sitt beslut och du vet hur bestämd han kan vara. Jag skulle göra likadant om jag vore i hans situation, det är ett som är säkert.”

Jens nickade.

"Ja, det skulle nog jag också. Han har ju talat om för oss att han skulle ta saken i egna händer innan han hamnade på förvaringen och att det blir nu efter det han fått veta, är inte alls konstigt."

Marie-Louise hade svårt att acceptera situationen, men insåg att det inte var något hon kunde göra. Gustaf och Jens hade naturligtvis rätt hur smärtsamt det än kändes.

***

När Wilhelm kommit in på sitt rum reste han sig från rullstolen. Han öppnade den låsta skrivbordslådan där han förvarade sådant som inte skulle ses av andra. Där låg hans gamla tjänstepistol, en Luger från andra världskriget. Konstigt nog hade inte danskarna hittat den då han flydde till väst. Det var först när han kom till Sverige som den blev beslagtagen för att återlämnas då han fått sitt medborgarskap och börjat på FRA. Pistolen hade han haft gömd hemma i huset och inte ens Sofia hade vetat om den. Det skulle hon inte ha gillat.

Han tog upp den och synade den ordentligt. Kollade så att mekanismen fungerade som den skulle. Han hade aldrig behövt använda den i tjänsten förutom till övningsskytte.

En ask med patroner låg bredvid och Wilhelm plockade ut en som han stoppade i magasinet. Med tunga steg gick han fram till sängen, puffade till kuddarna och lade sig ner. Han hade gått igenom händelseförloppet i förväg och var klar över hur han skulle göra. Men nu kom han att tänka på vilket besvär det skulle bli för personalen att torka bort all hjärnsubstans som skulle stänka omkring ifall han sköt sig i munnen eller tinningen. Skulle han verkligen utsätta dem för det? Om han i stället sköt sig i hjärtat skulle visserligen ingen hjärnsubstans behöva torkas bort, men det skulle bli en jävla massa blod i stället. Han tvekade några sekunder, sedan tog han ut patronen och lade tillbaka pistolen i lådan. Så väl som han blivit behandlad på Lyckelängan vore det väl elakt att återgälda detta med att utsätta personalen för något sådant. Han satt länge och funderade när han plötsligt kom att tänka på något viktigt han faktiskt glömt. Eftermälet. Han hade en ansenlig summa på banken efter husförsäljningen och även om Victor blev fälld, skulle han ändå vara bröstarvinge och få ärva. Nej, de pengarna skulle göra bättre nytta på annat sätt och vilka skulle vara mer berättigade än Dalias och Anders familjer. Han låste skrivbordslådan, tog upp mobilen och ringde Gustaf.

”Du, det är något ni måste hjälpa mig med. Jag vill skänka bort mina pengar till Dalias och Anders familj. Dalias mamma ska ha sjuttio procent och Anders föräldrar trettio. Men det måste ske nu, så om du kan skriva ett gåvobrev och bevittna det och komma in till mig så skriver jag under. Sedan om ni kan se till att det överlämnas redan i dag, vore jag tacksam. Skriv en fullmakt också, annars kommer ni inte åt mitt konto.”

Gustaf skyndade sig att skriva ett gåvobrev och en fullmakt som var juridiskt korrekt. Han bevittnade och bad Jens göra detsamma. Sedan gick han till Wilhelms rum så att han fick läsa igenom och signera. Wilhelm var tacksam och tog Gustaf hårt i handen.

”Tack min vän. Om jag också får be dig att anlita en advokat som ser till att allt går rätt till. Det brådskar som du förstår, så om du kan se till att det blir ordnat på en gång vore jag mycket tacksam.”

Gustaf nickade utan att säga något. Han förstod att det inte kunde vänta, så han skyndade sig tillbaka och kallade till sig Jens och Marie-Louise och förklarade läget.

”Du Marie-Louise känner ju en advokat ganska väl. Kan du kontakta honom och fråga om vi kan ses på en gång?”

”Ja nu var det ett tag sedan vi hade kontakt, men jag gör ett försök.”

Advokaten var ganska upptagen, men Marie-Louise lyckades övertala honom att ärendet var brådskande. Han gick med på att ses. En taxi beställdes och alla tre begav sig till Mariefred där han hade sitt kontor.

Advokat Håkansson granskade dokumenten noggrant genom sina tjocka glasögon. Han grymtade och veckade pannan. Visserligen var han mycket upptagen av andra ärenden, men när Marie-Louise Vertén bad om en tjänst så sa man inte nej. De hade känt varandra under många år och varit kollegor under en lång tid. Dessutom hade de kommit ännu närmare varandra under några hektiska veckor på åttiotalet, men det var inget som någon av dem talade högt om.

"Hmm... Det här ser ut att vara i sin ordning. Märkligt ändå hur man kan vilja göra på detta vis. Det kan inte ha varit något bra förhållande denne Wilhelm haft med sin son?"

Marie-Louise såg strängt på honom.

"Den frågan ska du nog inte fördjupa dig i. Se till bara att allt är som det ska och att allt förvaras säkert. Du får företräda dödsboet när den tiden kommer."

Håkansson tittade upp över sina glasögon.

"Jaså, det säger du. Du kanske först skulle fråga om jag har tid?"

"Förlåt David, så klart jag borde, men det här är jätteviktigt så du måste göra mig den tjänsten."

"Ja, vi säger väl det då. Bara att kontakta mig när det blir dags. Förresten, hur är det med den här Wilhelm egentligen? Är det nära förestående eller pratar vi år framöver?"

"Det är nära. Vi hör av oss."

När de kom tillbaka till Lyckelängan, gick de i samlad trupp till Wilhelms rum för att berätta att allt var ordnat. Han låg i sängen och läste en bok. Marie-Louise satte sig på sängkanten, tog hans bok och lade den åt sida. Sedan tog hon hans hand och såg honom djupt i ögonen.

”Snälla Wilhelm, kan du inte tänka om? Jag skulle så gärna ha dig kvar ytterligare en tid. Jag förstår att det smärtar, men du har ju oss som stöttar dig.”

Wilhelm log.

”Du ska inte vara ledsen. Du vet vad jag har sagt hela tiden och enligt den senaste undersökningen så rör det sig om dagar eller veckor innan jag blir oförmögen att fatta egna beslut. Det är dags nu och det ska bli skönt.”

Marie-Louise nickade försiktigt och strök honom över håret.

”Jag trodde att det var jag som skulle lämna före dig. Det var i alla fall Tores prognos.”

”Ja, det där är nog svårt att veta exakt. Ödet rår vi inte över.”

”Tror du att det finns något efteråt? Du berättade ju om att Sofia hade haft en nära döden upplevelse som var svår att förklara.”

”Jag tror inget speciellt. Det får bli som det blir. Spännande blir det onekligen. Tänk att äntligen få svar på hur det förhåller sig.”

”Om det nu finns ett liv efter detta och vi får träffa våra nära och kära, då kommer du förmodligen att få träffa Sofia. Hur blir det då när jag kommer över?”

Wilhelm tänkte en stund.

”Ja du, det kan man undra. Det är ju något man funderat över ibland. Jag får väl ha två fruntimmer då, det kanske är tillåtet där man hamnar?”

Alla började skratta. Det var ändå skönt att Wilhelm ännu hade kvar lite av sin humor, trots den allvarliga situationen.

" Jo, men jag har varit gift två gånger. Hur blir det då med mina tidigare makar?"

"De får inte vara med. Någon extra karl är jag inte intresserad av."

Gustaf och Jens gick fram och kramade om honom. När de stängde dörren efter sig visste de att det var sista gången de fick se Wilhelm i livet.

Kapitel 26

Wilhelm hade stilla somnat in på kvällen efter en kraftig överdosering av sömntabletter och lite annat som fanns till hands. Visst hade han sett ljuset som så många vittnat om, men vägen dit kantades inte av några kända ansikten vad han kunnat se. Det var en hisnande känsla som plötsligt bara slutade i tomma intet och allt bara försvann.

När Wilhelm inte kom ner till frukosten på morgonen förstod hans vänner att det var över. De bad personalen att titta till honom och då blev det bekräftat det de redan visste.

Det följde en tid av sorg och grubblerier. Ingen kände sig särskilt motiverad att göra något vettigt. De hade i alla fall varandra och det underlättade sorgearbetet. Att utredningen skulle drivas i mål var alla rörande överens om. Victor skulle inte slippa undan, det fick bara inte hända. Men allt fick vänta tills efter begravningen och alla landat i sin sorg.

De fortsatte med sina samtalsstunder om kvällarna. Det kändes tomt utan Wilhelm och de saknade hans torra och ibland lite sjuka humor. Marie-Louise tänkte tillbaka på när de på tu man hand samtalat om sina intima fantasier. Hon mindes hur förlägen han sett ut då han berättat om sina tankar på att föreståndarinnan funnits med på ett hörn. Hon log lite men skakade av sig tanken och harklade sig.

"Hörni, har ni tänkt något på hur vi ska gå vidare?"

Jens som suttit djupt insjunken i egna tankar, tittade upp.

"Jodå, jag har tänkt en hel del. Jag fattar inte varför vi inte bara kan lämna över allt material till polisen och låta dem göra jobbet. Ska det vara så svårt? Vi har ju massor."

Gustaf rynkade pannan.

"Jag har ju förklarat det där för dig. Advokaten skulle fullkomligt mosa sönder bevisen och få oss att framstå som ännu mer stolliga än vi är."

Marie-Louise nickade. Hon hade själv vid många tillfällen då hon jobbat som advokat, medverkat till att smula sönder bevis och vittnesmål så att de till slut inte varit något värda.

"Jag är ledsen Jens, men Gustaf har rätt. Vi måste hitta andra vägar. Victor har nu indirekt ytterligare ett liv på sitt samvete och vem vet, kanske många fler vi inte känner till."

Gustaf trummade med fingrarna i bordet.

"Det där har jag funderat lite över. Han har förmodligen fler lik i garderoben och om vi kan hitta ett samband från något liknande ouppklarat brott, kanske vi kan komma vidare."

Jens höjde ögonbrynen.

"Han har ju tillbringat en hel del tid i Gambia. Det kanske är där vi ska leta? Någon flicka som blivit bragd om livet på samma vis som Dalia?"

Marie-Louise suckade tungt.

"Vi lär väl knappast åka dit? Hur ska vi få fram sådana uppgifter?"

"Gambia har ju konsulat i Stockholm. Dessutom har de massmedia och internet som inte är allt för eftersatt. Jag skulle nog kunna få fram en hel del via nätet. Ni har väl kontakter som skulle kunna bidra med något?"

Gustaf nickade och tänkte efter.

"Jo, jag känner en som har mycket kunskap om afrikanska länder och hur man kommer åt uppgifter därifrån. Jag ska nog ta ett snack med honom."

***

Begravningen blev stillsam och värdig. Det var en obehaglig känsla att se Victor stå där och gråta över sin far när de visste vad han gjort sig skyldig till. Vid den efterföljande samlingen passade de på att fråga honom om hans förhållande till Gambia. Wilhelm hade berättat att Victor skulle etablera sitt företag där och det var en ypperlig ingång för samtal. Victor berättade om sina planer. Han beskrev hur han tidigt fattat tycke för landet. Det varma klimatet och de vänliga människorna. Han hade som ung varit där på en charterresa och sedan dess återvänt nästan varje år.

Nu hade han börjat etablera sig och om allt gick bra, skulle han överväga att sälja sina tillgångar i Sverige och bosätta sig där.

Jens som ingående studerat Victors internettrafik mådde illa när han hörde hans lovord över landet och dess befolkning. Han såg för sitt inre de vidriga bilder och filmklipp på våldtäkter och tortyr av unga flickor som Victor frossat i. Han hade varit tvungen att blunda flera gånger och mått så dåligt att han nästan kräkts. Hur i helvete är man funtad om man tittar på sådant? Det hade han frågat sig många gånger.

Victor stannade kvar några dagar för att ta reda på det som Wilhelm lämnat efter sig. Han skickade efter en firma som tog reda på möbler och annat som skulle gå att sälja. En del fick gå till tippen och det var inte mycket mer än lite fotografier och en guldklocka han behöll för egen del. Pistolen och ammunitionen lämnade han in till polisen efter att först förvissat sig om att det var ett lagligt innehav. Han hade inte vetat om att Wilhelm hade vapen i sin ägo. Men med tanke på hans tidigare yrke var det kanske inte så konstigt.

När det under bouppteckningen framgick att Wilhelm skänkt sina kontanta medel till Dalias och Anders familjer, blev Victor förvånad. Det hade han inte väntat sig. Visserligen behövde han inte pengarna, men det var dock en ansenlig summa som han kunnat göra mycket rolig med. Wilhelm hade berättat mycket om Dalia och om den utredning de bedrev, så Victor

kunde ha viss förståelse för hans agerande. Men att skänka
bort över en miljon var väl ändå att ta i.

***

Dalias mamma blev naturligtvis glad när hon fick vetskap om
den penningsumma som Wilhelm skänkt. Inte för att sorgen
blev mindre tung att bära, men det var ändå en hjälp. Gustaf
hade Jens med sig när han besökte förmånstagarna. Marie-
Louise hade blivit frånvarande när det skulle ske och Gustaf
ville inte åka ensam ifall han också skulle hamna i förvirring.

Dalias mor och hennes styvpappa var mycket intresserade av
hur utredningen framskred och om den var tänkt att fortsätta
nu efter Wilhelms tragiska bortgång. Gustaf och Jens
förklarade att det var tanken och att det nog inte var omöjligt
att de kommit en liten bit närmare ett avslut.

Mamman till Anders hade det också tungt i tillvaron. Hon var
nyligen separerad och levde på knappa medel, så det blev en
glad överraskning mitt i allt elände. Även hon var nyfiken på
om de tänkte fortsätta.

***

Det tog några dagar att landa efter begravningen. Marie-Louise
var tillbaka i sitt medvetna tillstånd igen och Gustaf hade bara
haft en kortare stund av frånvaro. Jens var taggad och
tillbringade mycket tid framför datorn. Motivationen att komma
till ett avslut var hög och då alla visste att tiden var knapp, var
det bara att köra på.

Marie-Louise och Gustaf använde sina telefoner flitigt och
lyckades mobilisera de flesta av sina kontakter från förr. De
skulle kunna vara till hjälp när nu utredningen tog sikte på ett
land i Afrika.

Att det inte skulle bli enkelt var de medvetna om. Men allt kom
i ett bättre läge när en gammal journalist och
utrikeskorrespondent började engagera sig i fallet. Han hade
varit bekant med en medarbetare till Gustaf på den tiden då

Gustaf satt i justitiedepartementet. Han hade intresserat sig för vad gänget på Lyckelängan sysslade med och tagit kontakt med Gustaf.

Det visade sig vare en lyckträff att ta med Mikael Nordquist, som han hette. Han hade huvudet på skaft och efter att ha tillbringat mycket tid som korrespondent i olika afrikanska länder, visste han vilka trådar som skulle ryckas i.

Efter bara någon vecka hade de fått tillgång till flera fall som liknade Dalias och det på platser där Victor bevisligen befunnit sig vid tidpunkten. Det var ett tidsspann på ganska många år, så några DNA-prover från de äldsta fallen skulle nog inte gå att få fram. Men från de senaste borde det vara möjligt. Om det nu lyckades att matcha DNA från något fall i Gambia med Victor, skulle det kunna bli den pusselbit som fick allt att falla på plats. Tillsammans med det övriga materialet skulle det förhoppningsvis vara tillräckligt för att få Victor gripen.

Kapitel 27

Victor Erhard satt framför datorn i sin stora villa utanför Strängnäs. Det var sent på natten, men han hade inte lyckats slita sig från de häftiga klippen han fått av en nätbekant. Det var så otroligt upphetsande och bara tanken på att det var autentiskt, gjorde att det pirrande ännu mer. Han hade nu en ansenlig samling av bilder och filmer som han ibland delade med sig av. Det var så det fungerade. Att ge och få. Han hade själv filmat några sekvenser i Gambia som han delat med sig av. I Sverige var det bara praktikanten från vårdhemmet han lyckats gå hela vägen med, men där hade han inte vågat dokumentera något. Det hade varit allt för riskabelt. Att det överhuvudtaget blivit av var bara en slump. Ett lyckat sammanträffande som han inte på något vis planerat. I alla fall var det något av det häftigaste han upplevt, förutom första gången på charterresan i Gambia. Det hade inte drivits fullt ut, men tillräckligt för att han insett att detta var något han ville uppleva fler gånger.

Att Wilhelm gått bort var naturligtvis tråkigt. Men samtidigt hade det inte kommit som någon överraskning att han valde att avsluta på egen hand. Det hade han ofta talat om, och bestämd som han var fanns aldrig något tvivel. På sätt och vis var det skönt att inte behöva oroa sig längre och Wilhelm skulle slippa förnedringen med att ligga som en grönsak det sista han gjorde.

Victor hade växt upp under ordnade och trygga förhållanden i huset hans föräldrar köpt i slutet av sjuttiotalet. Snälla och ordentliga föräldrar med bra jobb och god ekonomi. Visst hade han blivit lite retad i skolan över att ha ett udda efternamn, men det var inget som tyngde honom särskilt mycket. Det blev lite jobbigare när han kom in i puberteten och börjat intressera sig för flickor. Han såg inte illa ut och hade ganska lätt att prata med dem, men det var något som gjorde att han hade svårt att bli sedd. Några fumliga försök i sextonårsåldern under kraftig berusning, hade i alla fall resulterat i att han inte behövde gå med skammen att vara oskuld längre. Men det hade inte gett honom den tillfredsställelse han hoppats på. Snarare lämnat honom i frustration och besvikelse. Det var först när han i artonårsåldern träffat en flicka som gillade lite hårdare tag och invigt honom i den värld där han kände sig hemma, som han fick fullt utlopp för sina behov. Det hade börjat ganska beskedligt med piskor och handklovar, för att med tiden kulminera. Det blev för mycket för flickan som drog sig ur med förklaringen att han förmodligen hade en allvarlig störning. Sedan hade det bara fortsatt. Nu var han något av en celebritet i de mörka kretsar på nätet där han tillbringade det mesta av sin lediga tid. Så mycket ledig tid var det förstås inte. Hans företag krävde mycket. Men med framgång följer också möjligheten att delegera och på sista tiden hade han kunnat ägna lite mer tid åt sitt speciella intresse. Att han nu skulle etablera sig i Gambia innebar mycket jobb, men när allt var klart skulle det underlätta hans tillvaro väsentligt. Där var det riskfritt och det fanns kandidater i mängder som ingen skulle sakna om de försvann. Han ryste av välbehag när han tänkte på vilka möjligheter som skulle öppna sig.

Visst hade han stundtals grubblat över sitt liv och ibland ångrat sina val. Han hade haft en fästmö under en kortare tid. En söt liten jänta från Malmköping som Wilhelm och Sofia var mycket fästa vid. Hon hade varit perfekt att bilda familj med och få leva ett liv som de flesta andra. Men hon kunde aldrig ge honom det som krävdes för att han skulle bli nöjd. När han försiktig påtalat sina önskemål, hade hon varit avvisande och det slutade med ett hastigt avsked. Sedan dess hade han inte haft något fast förhållande. Pressen från föräldrarna fanns där. Inte för att de tjatat, men det som kunde utläsas mellan raderna var inte särskilt svårtolkat.

I sina mörkaste stunder hade han ibland funderat på om det var något fel på honom. Varför var han inte som de flesta andra? Varför kunde han inte nöja sig med sådant som alla

andra nöjde sig med? Nu var det ju inte alla, hade han
upptäckt i ett tidigt skede. Han hade många bröder med
samma intressen och ibland kunde han undra vad som
egentligen var normalt. Det var när han för första gången fick
se en så kallad snuff movie som han insett det abnorma med
hans intresse. Att se unga kvinnor våldtas för att sedan
mördas och tycka det är upphetsande, var allt annat än
normalt. Han hade skickat efter en VHS-kassett från Lettland
via en annons han hittat i en porrtidning. Om man tittade
tillräckligt noga kunde man se att det inte var på riktigt.
Våldtäkten var autentisk eller i alla fall riktigt välspelad, men
dödandet syntes tydligt att det var fejkat. Det var först efter att
internet gjort sitt intåg i var mans hem som han fick möjlighet
att se en fullständigt autentisk film. Sedan dess hade det blivit
fler och fler. Nu hade han lagt alla tankar bakom sig om att det
inte stod rätt till. Det var bara att acceptera att han var som
han var, och inget han kunde göra något åt. Åtminstone inget
han ville göra. Det enda var förstås att på kemisk väg sätta
stopp för driften. Det hade varit nära några gånger men han
hade ändrat sig i sista stund.

***

När han för första gången fick se Dalia då Wilhelm flyttade till
Lyckelängan, var det som om blixten slagit ner i honom. Så
oerhört vacker och välformad. Efter det hade han ofta legat
vaken om nätterna och fantiserat om henne. En afrikansk
prinsessa som kunnat platsa på vilket modeomslag som helst.
Det fanns inte på kartan att han skulle ha kunnat locka henne
på något vis. Det var bara en ren lyckträff, nästan som om
guds finger hade något med det att göra. Att han råkade
passera henne precis när hon kört omkull med sin cykel.

I det ögonblicket fanns inga tankar på att utnyttja situationen.
Men när han väl burit in henne i ladan och börjat ta på henne,
gav sig begäret till känna och det fanns inte längre någon
återvändo. Känslan hade varit oerhört stark och när han hängt
upp henne och stuckit henne, kom ett crescendo som inte med
ord kunde beskrivas.

Efteråt kom ångesten. Hade han missat något? Den svenska polisen var nog bättre rustade att utreda den här typen av fall än den gambiska. Dessutom skulle det inte gå att muta sig fri. Men då flickans pojkvän fälldes, försvann all oro. Att sedan Wilhelm och hans vänner på Lyckelängan börjat nysta i fallet, var inget som oroade Victor särskilt mycket. Inte heller att pojken sedan förklarades oskyldig.

Nu var Wilhelm borta och det mest troliga var att de övriga skulle lägga ner, eller i alla fall inte lägga all sin kraft på att försöka komma till ett avslut. De hade ju nått ett av sina mål, att få pojkvännen fri.

***

Nu stundade ett hårt arbete inför etableringen i Gambia. Alla papper och all formalia var i ordning. Lokalen var inköpt och anskaffning av nya maskiner var i full gång. Det skulle förmodligen dröja några månader innan produktionen var i drift, men det gav tillfälle att rekrytera personal och att skaffa värdefulla kontakter.

Victor hade planerat detta under flera år, så mycket var redan förberett. I och med att fabriken i Sverige gick så bra kunde han utan stress genomföra sin plan. Han hade skaffat sig en lägenhet i utkanten av Banjul där det inte bodde så mycket folk. Lägenheten hade ingång direkt från gatan och utan särskilt mycket insyn. Han hade övernattat där några gånger under sina tidigare resor men ännu inte hunnit inviga den med sällskap. Ett särskilt rum som var ljudisolerat och med ingången dold bakom ett stort barskåp, utgjorde den heliga plats där han förväntade sig många sköna stunder. Där hade han samlat hela sin arsenal av tillbehör som skulle kunna komma till användning. Filmkameror och mikrofoner var riggade och en tvättränna var installerad för att kunna göra rent efter sig.

Victor tänkte ofta på vad som skulle komma att utspela sig därinne, men det låg ett stycke fram i tiden. Nu skulle produktionen i godisfabriken i gång och det var prio nummer ett.

Att rekrytera personal var enkelt. Det behövdes cirka femtio personer på golvet varav hälften skulle läras upp att sköta maskiner och resten för lager och distribution. Victor deltog själv i rekryteringsarbetet. Det var många unga människor som sökte jobbet och trots att Victor var medveten om vilka grunder som skulle vara lämpligast när man anställde personal, kunde han inte undvika att se till sin egen fördel. Han valde ofta unga flickor med fördelaktigt utseende.

Arbetsledning var det lite svårare med. Det fanns just ingen som hade erfarenhet av godistillverkning, så Victor hade lyckats övertala några ur sin personal i Sverige att komma med och leda arbetet i ett inledningsskede.

Efter kortare tid än beräknat stod fabriken med personal klar för produktion. Självaste borgmästaren i Banjul var med och klippte bandet och höll ett för Victor mycket angenämt tal.

Allt gick enligt planerna trots några smärre missöden med maskiner som krånglat och personal som inte var tillräckligt utbildad. Victor kunde lugnt luta sig tillbaka i solstolen på sin balkong och med en kall öl och fantisera om framtiden. Om några veckor skulle han tillbaka till Sverige och sedan om allt gick som det skulle, planera för en permanent flytt.

Kapitel 28

Jamilia var oerhört lycklig när hon med lätta steg traskade hem från anställningsintervjun. När hon fått höra att det var högsta chefen som själv skulle hålla i intervjun, hade hon blivit skräckslagen. En mäktig man från Sverige och som säkert förväntade sig både det ena och andra för att låta henne få jobb. Nu var hon så glad och lättad. Trots knagglig engelska och stor nervositet, hade det gått över förväntan. Chefen visade sig vara vänlig och inte alls svår att prata med. Hon hade fått berätta om sina hemförhållanden och tidigare erfarenheter av arbete, och chefen hade verkat genuint intresserad av det hon sagt. Hon hade fått anställning på stående fot och skulle få börja redan om några dagar. Nu skulle familjen kunna leva ett mycket bättre liv och kanske till och med få råd att dra in rinnande vatten i skjulet där de bodde.

Pappan var fiskare och mamman tjänade lite extra genom att tvätta åt grannar och bekanta. Hennes två yngre bröder gick fortfarande i skolan, men hjälpte sin far med fisket varje dag efter skolan. Själv hade Jamilia bidragit till familjens försörjning genom att hjälpa andra med hushållssysslor och barnpassning när tillfälle gavs. Det blev inte särskilt mycket tillskott i kassan, men ändå en liten hjälp. Hon hade också till uppgift att sköta om sin gamla mormor som bodde hos dem och som var sjuklig och inte kunde ta vara på sig själv.

Nu skulle allt bli bättre. Med fast jobb och en bra lön som skulle betalas ut var fjortonde dag, såg tillvaron väldigt ljus ut.

Jamilia var fjorton år och hade slutat skolan för två år sedan. Hon var mycket söt och hade flera gånger blivit erbjuden ett bättre liv som sällskap åt äldre och välbärgade män i de familjer hon ibland jobbat hos. Det hade inte varit särskilt lockande trots löften om fina kläder och smycken. Det var mest gubbar som var tre gånger så gamla som henne som kommit med förslag. Hennes far hade bestämt att hon skulle gifta sig med en kusin till en bekant han hade. Kusinen var inte lastgammal och dessutom utbildad apotekare med fast tjänst och bra lön. Att han dessutom såg bra ut och verkade snäll, gjorde inte det hela mindre angenämt. Jamilia såg fram mot det och hade bestämt sig för att spara sig till bröllopsnatten.

De första dagarna på jobbet var svåra. Det var mycket att lära sig och inte helt enkelt att förstå sig på de komplicerade maskinerna. Massan rördes runt i stora grytor och hackades sedan sönder till mindre bitar. Då och då blev det spill som personalen fick ta reda på. Det hade varit oerhört uppskattat till en början, men när alla ätit sig mätta på de söta bitarna blev det inte längre så lockande. Desto mer uppskattat blev det bland vänner och bekanta när de fick smaka på godsaker de aldrig ätit tidigare.

Efter någon vecka hade arbetet blivit enklare då alla förstått hur de skulle göra. Den svenska chefen kom ofta och tittade till arbetet och berömde personalen. Han pratade mycket med Jamilia som kände sig uppskattad och lite förvånad över uppmärksamheten. När hon efter en kort tid blev uppkallad till hans kontor, blev hon orolig och befarade hon att det var något han inte var nöjd med. Men det var precis tvärt om. Han berömde hennes arbetsinsats och erbjöd henne att börja jobba inne på kontoret i stället. Hon skulle få bättre betalt och en timme kortare arbetstid än innan. Jamilia kunde inte riktigt förstå hur livet plötsligt kunnat bli så mycket bättre. Hon hade varit nöjd bara över att ha ett fast jobb.

Att nu efter så kort tid få det ännu bättre var nästan för bra för att vara sant.

***

Victor bredde ut sig i sin solstol på balkongen. Han öppnade en öl och drack den med djupa ljudliga klunkar. Allt hade gått över förväntan och han hade hittat sin drömflicka. Så oerhört vacker och inte helt olik praktikanten på Lyckelängan. Lite yngre och lite mulligare, men så perfekt passande i den bild han målat upp för sitt inre. Det skulle förmodligen bli en upplevelse utöver det vanliga. Synd bara att hon levde under så ordnade förhållanden med familj och bekanta. Det skulle försvåra det hela. Men med list och planering skulle eventuella problem kunna undvikas. Han kunde knappt bärga sig, men insåg att tiden måste ha sin gång och att det var av största vikt att inte förivra sig. Hittills hade det gått enligt planen och nu återstod bara att inge ännu mer förtroende så att flickan kunde känna sig trygg i hans sällskap. Han reste sig från solstolen och gick in i sin skattkammare för att få en försmak av vad som komma skulle. Han kände på kroken i taket. Den satt stadigt och skulle säkert hålla för flickan. Han vecklade ut ett etui av svart tyg och plockade fram några knivar och sylar som han synade mot lampan med kritisk blick. För sitt inre såg han hur det blanka stålet trängde in i mörk hud och blodet började sippra fram. Så oerhört upphetsande. Victor var tvungen att skynda sig till datorn och plocka fram den senaste filmen, för att sedan tillfredsställa sig själv.

***

Arbetet inne på kontoret var något helt annat än ute i fabriken. Här fanns luftkonditionering och allt var så rent och prydligt. Där jobbade flera flickor. De flesta lite äldre, men några var i Jamilias ålder. Efter bara några dagar hade hon kommit in i gemenskapen och arbetsdagarna kändes lätta. Jamilia hade svårt att förstå hur man kunde tjäna pengar på så lindrigt arbete som att plocka med papper och sortera lite här och där. Hon var van att arbeta hårt från morgon till kväll. När hon gått i skolan var det ingen ledighet då hon kom hem. Det var bara att ta nya tag med hushållssysslor, barnpassning och allt bök med mormor som skulle matas och bytas på. Det här var fina livet. Visserligen krävde mormor sin skötsel om kvällarna, men nu när Jamilia börjat tjäna bra med pengar hade mamman börjat ta ett större ansvar hemma.

Victor intresserade sig för flickornas arbete och var noga med att de skulle känna sig uppskattade. Men han krävde även att allt skulle bli rätt. Om någon slarvade eller inte passade tider, fick de en tillrättavisning.

Jamilia började känna allt större förtroende för sin chef. När han en dag erbjöd henne lite extrajobb hemma hos honom, tvekade hon inte. Hon hade hört av de andra flickorna att några av dem hade städat hemma hos honom och att han varit generös med betalningen. Dessutom hade han aldrig propsat på några extratjänster. Jamilia var fullständigt trygg när hon en dag efter arbetet begav sig till hans lägenhet.

Victor var väl förberedd. Han hade planerat allt i minsta detalj och var nu så exalterad att han knappt kunde bärga sig. Han försökte lugna sig med några drinkar, men det verkade bara förstärka hans upphetsning.

Det var efter en lång tid av fantasier och uppmålade scenarion som det nu äntligen skulle bli verklighet.

Jamilia knackade försiktigt på dörren som genast öppnades av en leende Victor.

"Hej Jamilia. Så bra att du kunde komma. Det var ett tag sedan det blev städat här så du är efterlängtad."

Jamilia neg artigt och såg sig om. Det såg inte särskilt ostädat ut. Men det var väl så de ville ha det, de vita och rika människorna. Rent och sterilt som på ett sjukhus.

"Var ska jag börja?"

Victor ställde fram dammsugaren och pekade med en vid gest runt i rummet.

"Du kan börja med att damma och dammsuga. Om du sedan kan diska också, vore jag tacksam."

Jamilia slängde en blick på diskbänken. Där stod en odiskad tallrik, ett glas och några bestick. Det skulle ta två minuter för henne att diska och hon undrade hur någon kunde betala för så lite jobb. Hon satte igång med städningen. Victor slog sig ner i en fåtölj och började läsa en tidning. Efter tjugo minuter var hon klar och hon hade inte ens blivit svettig. Victor såg på henne och log.

"Så duktig du är. Nu är du värd en liten paus. Vill du ha ett glas läsk?"

Jamilia nickade. Victor gick in i köket och hällde upp ett glas Fanta. Han tog fram en liten påse med ett vitt pulver han hade i fickan och rörde noggrant ner innehållet i glaset för att sedan gå in i vardagsrummet.

"Kom och sätt dig. Här ska du lite att dricka."

Han gav henne glaset. Det var gott med den kalla drycken och när hon druckit upp frågade han om hon ville ha mer. Hon skakade på huvudet.

"Jag ska nog gå hem nu. Vet inte riktigt vad det är, men jag känner mig lite yr."

"Det är nog bara ansträngningen. Först vara på jobbet hela dagen och sedan komma hit och fortsätta. Det är klart att det tar på krafterna."

Jamilia kände hur hon blev allt mattare. Det sista hon tänkte på innan hon somnade var det han sa om ansträngning. Aldrig hade hon väl känt sig mindre ansträngd efter en arbetsdag.

Kapitel 29

Mikael Nordquist hade verkligen inte legat på latsidan. Efter att mer och mer ha satt sig in i utredningen var han nu rentav besatt av den. Jens, Marie-Louise och Gustaf hade heller inte suttit och rullat tummarna. Aldrig hade deras telefoner gått så varma och deras forna medarbetare fått mycket att stå i. Jens hade jobbat vid datorn till långt in på nätterna och det började värka i fingrarna av allt knapptryckande.

Några smärre händelser hade hindrat dem för en kortare tid. Gustaf hade haft en ovanligt svår stund av förvirring. Så svår att han fysiskt försökt skada både Jens, Marie-Louise och även några ur personalen. Efteråt hade Jens och Marie-Louise talat med varandra och bestämt sig för att inte berätta om händelsen för honom. Han var alltid så ångerfull när de berättat om hans beteende. Att nu få höra att han försökt bruka våld mot sina närmaste vänner, skulle göra honom otröstlig. Det var ju inget han kunde rå för eller själv påverka på något vis. Doktor Tore hade sagt att det förmodligen skulle hända igen, och han hade gett Gustaf en medicin som förhoppningsvis skulle lindra symtomen något.

Jens förhållande med änkan Lydia hade pågått till och från. Hon var i sina vakna stunder fortsatt passionerad och Jens började tycka att det nu blivit lite för mycket av det goda. Han ville inte göra henne ledsen, men samtidigt önskade han inget hellre än att hon skulle tappa lite av sitt intresse. Han hade funderat över om det inte fanns någon annan på boendet som skulle tänkas kunna ta över hans roll. De flesta karlar som nu bodde på den öppna avdelningen verkade allt för skröpliga för att kunna ha något intresse för en visserligen vacker och passionerad, men ack så jobbig kvinna.

Det löste sig ganska bra när en ny boende kommit till Lyckelängan. En stilig herre med fint maner. Visserligen ständigt förvirrad, men pigg och talför. Jens hade talat med Lydia om den nya gästen och berättat att han en gång varit en framgångsrik företagsledare. Det var visserligen inte sant, men det skulle förmodligen aldrig komma fram. Bert-Ove som han hette hade varit grovarbetare i större delen av sitt liv, ända tills han på äldre dagar vunnit en ansenlig summa på travet och slutat arbeta. Han hade genast konverterat från den enkla och jordnära människa han varit, till någon som ansåg sig fin och förnäm utöver det vanliga. Det hela hade förstärkts sedan han fått sin diagnos och nu var han övertygad om att han var av adlig bakgrund.

Jens hade fått fram hans historia genom att googla och tjuvkika i konfidentiella databaser. Att det var oetiskt och inte helt lagligt brydde han sig inte längre om.

Lydia visade sig mycket intresserad av det Jens berättat och det dröjde inte länge innan det kom till ett möte mellan de två. Jens hade lyssnat med ett halvt öra på deras konversation under en lunch och han log för sitt inre när han hörde henne mala om sin förre make, den verkställande direktören för Dammdalsbolagen. Stackars människa, tänkte Jens.

Med mer tid till förfogande kunde nu Jens tillsammans med Gustaf, Marie-Louise och Mikael Nordquist börja sammanställa de senaste rapporterna som kommit in.

En bild började sakta framträda som fick alla att rysa av obehag. Att Victor Erhardt var en osedvanligt ond och sjuk människa och skyldig till mordet på Dalia, var det ingen tvekan om. Att han troligtvis var skyldig till många fler mord och övergrepp i Gambia, kom därför inte som någon överraskning. Att döma av tidslinjen när han varit där och försvinnanden av flickor som sedan hittats bestialiskt mördade, stärkte deras misstankar.

Den slutliga bekräftelsen kom när ett DNA-prov som skickats från Gambia matchade till hundra procent med Victors.

Mikael Nordquist blev exalterad. Han bokade genast flyg till Gambia för att på plats försöka få rättsväsendet där att agera. Gambia hade inget utlämningsavtal med Sverige, så det gällde att dra i de rätta trådarna på ett listigt sätt. Han instruerade Marie-Louise och Gustaf i hur de skulle agera gentemot de svenska myndigheterna och kontaktade alla han kände som på något sätt skulle kunna vara till hjälp här hemma.

Marie-Louise och Gustaf önskade att de kunnat göra honom sällskap, men visste att det var en omöjlighet. Det hade inte precis gått åt rätt håll med deras sjukdom och nu skulle det inte dröja länge innan de blev helt oförmögna att kunna uträtta något vettigt. De hoppades innerligt att tiden skulle stå på deras sida och att de skulle hinna se resultatet av sitt arbete.

Tankarna och sorgen över Wilhelm fanns där. Så skönt att han var borta och slapp uppleva det som nu skedde. Samtidigt så oerhört tragiskt att det som Wilhelm satte igång, skulle visa sig ta en sådan hemsk vändning. De satt ofta och diskuterade det vid sina kvällsträffar. Inte för att de egentligen hade någon lust. Det var mer för att få ventilera sina känslor och på något vis komma till någon slags ro. Marie-Louise som stått honom närmast, var den som hade tagit det hårdast. Hon hade svårt att lägga de jobbiga tankarna åt sidan. Det gick bra på dagarna när hon kunde fokusera på annat, men när hon gått till sängs fanns tankarna där och ville inte släppa taget. Hade han någon gång anat något? Fanns där minsta lilla misstanke om att hans son på något vis skulle kunna vara inblandad? Det var frågor som ofta dök upp. Sitt eget barn borde man väl känna utan och innan och med tanke på Wilhelms skarpa intellekt, fann hon det mycket märkligt att Wilhelm skulle varit helt tagen på sängen. Men om han anat, varför skulle han då dragit igång det hela? Hon fick inte ihop det.

***

Från att allt inledningsvis gått ganska trögt, var det plötsligt som om korken dragits ur flaskan och saker började hända på en gång. Telefonerna gick varma och viktiga personer de aldrig förut varit i kontakt med började höra av sig. Det var högt uppsatta tjänstemän på justitiedepartementet och utredare från rikskrim. Gustaf hade varit extra tydlig när han kontaktat sina forna kollegor på justitiedepartementet och när han berättat att Mikael Nordquist var på väg ner till Gambia, började det ta fart ordentligt. Mikael Nordquist var en gammal skjutjärnsjournalist som fortfarande hade hög trovärdighet och aldrig drog sig för att säga sanningar, hur besvärande de än kunde vara. Bäst att agera snabbt och kraftfullt för att inte hamna på löpsedlarna och utmålas som inkompetenta och handlingsoförmögna.

Jens blev kallad till Stockholm där han fick förevisa sitt dataprogram och vad som framkommit av bevis och indicier. Utredarna i Stockholm var mäkta imponerade.

Från att först ha varit skeptiska och granskat databasen med misstänksamhet, var de nu fullkomligt övertygade om att det var riktiga uppgifter. De hade aldrig sett maken till noggrann utredning.

Jens blev skjutsad tillbaka till Lyckelängan utan att egentligen ha fått reda på vad som skulle hända härnäst.

Det blev plötsligt ganska tyst. Både Marie-Louise och Gustaf ringde flitigt för att få reda på något, men det enda svaret de fick var att något var på gång och att de bara skulle vänta. De anade att allt nu var i rullning och att det inte fanns något mer de kunde göra.

Det började dyka upp tidningsartiklar. Först några mindre notiser om ouppklarade mord. Sedan allt större reportage. Lyckelängan och utredningen som bedrivits där, förekom ännu inte i någon artikel. Men alla visste att det bara var en tidsfråga innan det skulle ske.

Ulla och Tore hade blivit tillsagda att inte komma med några kommentarer och de journalister som försökte komma i kontakt med någon av de inblandade, blev vänligt men bestämt avvisade. De var naturligtvis envisa men verkade köpa förklaringen att allt de hört förmodligen bara var hörsägen. Visserligen hade en utredning pågått, men den hade avslutats i samband med resningen för Anders Lundbladh och hans tragiska bortgång.

Det lugnade ner sig något ända tills SVT hade tagit upp fallet med Dalia. Leif GW hade återigen uttalat sig och krupit till korset då det visat sig att han haft fel i sin tidigare analys. Han hade viss insyn i det som nu var på väg att ske, men yppade inte mycket om det. Men hans svävande svar gjorde att intresset tog ny fart. Journalisterna började åter kontakta ledningen på Lyckelängan.

Det började bli så besvärligt att Ulla och Tore samlade till en överläggning med de inblandade.

Dagen efter bjöds ett antal journalister in för att samtala med de som påstods sitta med en lösning av fallet.

De hade tagit plats i varsin rullstol och väntade i matsalen när journalister och fotografer stormade in. Kamerorna började knäppa och blixtar lyste upp rummet. Jens fick den första frågan.

”Är det riktigt att mordutredningen ni bedrivit här börjat ge resultat?”

Jens flinade och irrade med blicken.

”Vad är ni för ena? Är ni nya här?”

”Nej, vi är journalister. Kan du svara på frågan?”

”Vilken fråga?”

Journalisterna vände sig mot Marie-Louise som såg ut att vara något klarare.

”Marie-Louise Wertén, det ryktas om att ni lyckats få fram uppgifter som inte framkommit tidigare. Att ni engagerat er i fallet med Dalia vet vi ju redan och att ni lyckades få till en resning för Anders Lundbladh. Men finns det nya uppgifter?”

Marie-Louise såg på sällskapet, gäspade högljutt och somnade som en stock.

Journalisterna och fotograferna tittade på varandra och ryckte på axlarna. Så vände de sig till Gustaf.

"Gustaf Sundin, du har ju varit med länge och känner allt och alla. Är det riktigt att ni lyckats få Mikael Nordquist att engagera sig i fallet?

Gustaf sken upp.

"Nordquist ja! Det är en bra karl. Ni skulle varit med när han lägrade tre kvinnor på en och samma gång när vi åkte med Ålandsbåten. Det var tider det."

Den som ställt frågan skakade på huvudet. Då steg Ulla fram.

"Ja, som ni märker så har ni varit fel ute. Vi var tvungna att agera på det här viset så ni med egna ögon fick se hur det var ställt med våra boende. Nu kanske ni kan lämna oss i fred. De här människorna behöver lugn och ro. Även om de tidigare bedrivit en utredning på ett skickligt vis, så är den tiden förbi."

Journalisterna packade ihop och försvann.

Efteråt firade alla det lyckade skådespelet med varsitt glas vin. Nu skulle det förhoppningsvis vara lugnt ett tag och inte äventyra det som alla hoppades på.

Kapitel 30

Jamilia hörde ett konstigt ljud när hon vaknade. Hon såg sig omkring och undrade var hon var någonstans och vad som hänt. I skenet från en svag lampa kunde hon se konturen av en man på andra sidan av rummet. Hon blinkade hårt några gånger för att få blicken klarare. Efter en stund kände hon igen honom. Han stod med slutna ögon och lyssnade på musik hon aldrig hört förut. Hon hade en kraftig huvudvärk och misstänkte att hon blivit sjuk på något vis.

”Hallå! Vad är det som hänt?” Ropade hon.

Victor gick fram till henne och när hon fick se att han log, blev hon lite lugnare.

”Inget har hänt. Du svimmade av någon anledning, men jag har undersökt dig så du kan vara fullständigt lugn.”

Hon tittade ner på sin kropp och blev stel av fasa när hon upptäckte att hon var naken. Hon försökte resa sig men hennes tejpade händer och fötter gjorde henne oförmögen att röra sig. Sakta började det gå upp för henne att den vänliga man som var hennes chef, inte var den hon trott. Om han nu var ute efter sex hade han inte behövt binda henne. Inte för att hon frivilligt skulle gå med på att stilla hans begär, men hon skulle förmodligen inte ha så stort val då han var stor. Hon såg på honom med vädjan i blicken.

”Du kan släppa mig fri. Jag tänker inte smita och jag gör vad du vill bara du inte gör mig illa.”

Victor lät inte sitt leende försvinna. Han hade nu kommit in i en skön stämning och ville suga på karamellen så länge som möjligt. Det här skulle bli en höjdpunkt han sent skulle glömma. I trygg miljö och förberett in i minsta detalj. I Sverige och med Dalia hade det varit lite nervöst då det var oplanerat.

Visserligen hade det varit en fantastisk upplevelse, men han hade inte kunnat njuta på det sätt som skulle bli möjligt nu. Han drog upp volymen på stereon lite mer och lät sig uppfyllas av tonerna från Prokofjevs symfoni nr. 5.

Då Jamilia inte fick någon reaktion på sin vädjan, började hon skrika. Någon måste ju höra om hon tog i allt hon orkade. Det var ju en lägenhet hon befann sig i med grannar runt omkring. Victor visade ingen större reaktion på hennes utbrott. Han gick lugnt fram till henne och tejpade bryskt igen hennes mun med ett stycke kraftig silvertejp.

Han såg sig om i rummet och kollade om ljuset var tillräckligt stämningsfullt. Han var inte helt nöjd utan provade att tända och släcka olika lampor. Till slut verkade allt vara till belåtenhet och han övergick till att kolla den uppriggade kameran och mikrofonen.

Jamilia såg med stigande skräck hur han noggrant synade sin utrustning. Hon försökte sparka sig loss men hon var allt för hårt tejpad.

Victor började känna sig klar och han var redan hård trots att det skulle dröja en stund innan akten skulle utföras. Han satte sig ner i sin svarta skinnfåtölj, lutade sig bakåt och smuttade på ett glas whiskey.

Den här gången skulle han gå längre än han gjort tidigare. Tanken hade funnits där länge, men han hade inte varit modig nog att sätta det i verket. Nu kände han sig redo och det skulle bli något enastående. Han ryste av välbehag vid blotta tanken. Att få se blankt stål sakta tränga in genom huden och sedan se blodet sippra fram var en häftig upplevelse, men det fanns något ännu bättre och nu skulle det bli verklighet.

Jamilia började få svårt att andas. Hon kräktes och då munnen var tejpad kom det mesta ut genom näsan. Hon började skaka häftigt och Victor förstod att något var fel. Han skyndade sig fram för att lossa tejpen kring munnen. Han blev lite irriterad över att hon kladdat ner sig. Allt var tvunget att vara rent och snyggt inför akten. Han hämtade en trasa som han blötte i tvättrännan och torkade noggrant rent henne. Hon såg på honom med tårar i ögonen och vädjan i blicken.

"Vad tänker du göra? Du behöver inte hålla mig bunden. Jag lovar att göra allt du säger och aldrig berätta för någon."

Victor strök henne över håret.

"Du behöver inte vara orolig. Du kommer inte att känna så mycket och det är snart över."

Han tog henne under armarna och släpade bort henne till änden av rummet där han hängt en talja i kroken som var fäst i taket. Han lade ner henne och pustade ett ögonblick innan han tog fram nylonrepet han så noggrant mätt ut och försett med en snara. Han reste upp henne och lade snaran runt hennes hals och fäste andra änden i taljan, spände repet så det blev stramt och släppte henne varsamt. Med en hastig rörelse slet han bort duken på arbetsbänken som täckte arsenalen av instrument och verktyg. Han hade ännu inte bestämt sig för vad han skulle använda.

Victor tog upp en lång kniv med smal och spetsig egg. Han kände försiktigt på skärpan med tungan. Den var så vass att det började blöda. Victor ryckte till av den plötsliga smärtan men det verkade bara förstärka hans upphetsning. När Jamilia förstod vad som höll på att hända började hon skrika allt vad hon förmådde. Victor verkade inte särskilt orolig utan gick lugnt fram och drog några gånger i taljan så att repet spändes åt hårdare kring hennes hals.

Skriken blev allt svagare för att sedan övergå i ett väsande. Det började flimra för hennes ögon och hon kände att hon snart skulle förlora medvetandet.

Victor tittade länge på henne. Hon var så vacker. Inte lika vacker som Dalia varit, men inte långt ifrån. Belysningen var perfekt och han startade kameran och ökade volymen på stereon.

Victor lade knivspetsen mellan hennes bröst och tryckte lite försiktigt. Några droppar blod sipprade fram och han började skaka av upphetsning.

Han skulle precis dra kniven neråt då en kraftig explosion förvandlade rummet till ett inferno. Dörren kom flygande och landade några meter in i rummet. In rusade uniformerade män med höjda vapen. De skrek och Victor hann inte fatta något innan han fick ett slag i huvudet så att han tuppade av.

***

Mikael Nordquist visste vilka knappar han skulle trycka på. Med hjälp av en högt uppsatt politiker han kände sedan tidigare, hade han lyckats övertyga polismästaren i Banjul att en seriemördare härjade i landet. När polismästaren fick veta att det var svensken som öppnat godisfabriken och sett till så att många fått arbete, ville han först inte tro det. Han hade själv varit närvarande vid invigningen och hört borgmästarens tal. Men Mikael var övertygande och kunde med hjälp av sin politikervän få honom på andra tankar.

Sedan gick allt mycket hastigt. Efter ett oannonserat tillslag på fabriken, fick de veta att chefen hade gått för dagen och att en kvinnlig anställd hade blivit ombedd att utföra städning åt honom samma kväll. Polisen hade då gått in i hans lägenhet som vid tillfället verkat tom. Det var bara av en slump som en av poliserna råkade stöta emot barskåpet som flyttade sig en aning och visade sig dölja en kraftig dörr. Poliserna placerade en sprängladdning på dörren då den var låst. Om nu alltsammans visade sig vara oriktiga uppgifter skulle de få en del att förklara, men de funderingarna försvann när de detonerat laddningen, rusat in i rummet och fick se vad som var på väg att ske.

När Victor kvicknat till var han försedd med handfängsel. Poliserna skrek i munnen på varandra och han fattade inte ett ord av vad de sa.

Jamilia höll på att förlora medvetandet när det skedde. Hon uppfattade att det var en explosion och att rummet fylldes med rök, sedan mindes hon inte mer. Det var först när hon hörde sirenerna av en ambulans som hon vaknade till och förstod att mardrömmen var över. Som i en dimma såg hon sin chef bli bortförd i en polisbil under knuffar och slag. Det rann blod från hans huvud och han var smutsig av sot.

***

Processen som följde blev långdragen. Den gambiska polisen fick snart klart för sig att svensken hade gjort sig skyldig till flera mord på gambiska flickor. Vissa gick att styrka med DNA medan andra var mer osäkra, men vittnesuppgifter började strömma in. Svenska myndigheter tryckte på med kraft och till slut fick de sin vilja igenom. Victor Erhardt blev till slut utlämnad till Sverige.

Nyheten slogs upp stort i svensk massmedia. Det var många som tyckte att Gambia gärna kunnat få behålla honom. Där skulle han få sitta och ruttna i någon fuktig cell tillsammans med andra mördare och sinnessjuka. Men en klok person hade i tv förklarat att risken att han skulle kunna muta sig till frihet där var stor.

Han tyckte det var viktigt att Victor skulle få stå till svars för mordet på Dalia, inte minst för hennes anhöriga. Nu skulle det ske och bevisningen var omfattande.

***

Gustaf Sundin fick beskedet att Victor var gripen direkt på telefon av Mikael Nordquist. Han samlade Jens och Marie-Louise för att berätta.

”Kära vänner, nu har det hänt. Victor är gripen.”

Reaktionen blev inget jubel, snarare ett ögonblick av tystnad och eftertanke. Både Jens och Marie-Louise hade tårar i ögonen. Efter allt slit var de äntligen i mål. All glädje grumlades naturligtvis av det faktum att Wilhelm inte längre fanns bland dem. Men samtidigt skulle det inte varit möjligt att han kunnat vara delaktig. Dessutom hade tanken på det hemska brott som begåtts en dämpande effekt på glädjen.

Gustaf suckade tungt.

”Jaha, det var det. Vad ska vi nu göra?”

Jens ryckte på axlarna.

”Tja, vänta på döden kanske? Eller också hittar vi på något annat.”

***

Marie-Louise fick inte vara med när domen föll. Hon hade stilla insomnat en tidig söndagsmorgon när hon fortfarande låg kvar i sängen. Men hon hade redan förstått vad utgången skulle bli.

Strax innan hon dog, hade hon legat vaken och känt på sig att allt inte var som det skulle. Hon hade inte varit rädd utan tänkt på det som Wilhelm så ofta pratat om. Att se döden som ett sista äventyr och få uppleva något som ingen visste hur det skulle vara. Att äntligen få svar på om det fanns något efteråt.

Hon undrade om hon skulle få träffa några bekanta på andra sidan. Bara inte idioten Hasse Wretman, även om han blev lite mer sympatisk mot slutet.

Hon lämnade jordelivet med värdighet och slapp tillbringa sin sista tid på förvaringen.

***

Gustaf och Jens var naturligtvis ledsna, men samtidigt tyckte de att det var skönt att allt gått så fort. De fortsatte med sina kvällsträffar.

”Du Jens, hur blir det med änkan? Ska du inte återuppta bekantskapen med henne igen?”

Jens kliade sig i huvudet. Han hade sett att Bert-Ove såg ganska sliten ut och förmodligen höll på att bli tokig av hennes upprepningar.

"Nej, jag tror inte det. Du kanske skulle lägga in en stöt? Du har väl inte fått komma till på länge nu? En före detta statstjänsteman skulle nog stå högt i kurs i hennes ögon"

Gustaf log lite illmarigt.

"Tja, varför inte?"

***

Victor Erhardt dömdes till livstids fängelse för mordet på Dalia.